감사와 행복으로의 초대

감사와 행복으로의 초대

발행일   2026년 1월 5일

지은이   이훈구
펴낸이   손형국
펴낸곳   (주)북랩

출판등록   2004. 12. 1(제2012-000051호)
주소   서울특별시 금천구 가산디지털 1로 168, 우림라이온스밸리 B동 B111호, B113~115호
홈페이지   www.book.co.kr
전화번호   (02)2026-5777   팩스   (02)3159-9637

ISBN   979-11-7224-996-0 03810 (종이책)   979-11-7224-997-7 05810 (전자책)

작가 연락처 문의 ▸ ask.book.co.kr

전용 게시판에 문의를 남기시면 저자에게 직접 전달됩니다.

(주)북랩 성공출판의 파트너

북랩 홈페이지와 SNS에서 다양한 출판 솔루션을 만나 보세요!

홈페이지 book.co.kr   •   **블로그** blog.naver.com/essaybook   •   **출판문의** text@book.co.kr
카톡채널 북랩

감사와 행복으로의 초대

감사의 눈으로 세상을 바라본 한 신앙인의 행복한 삶 이야기

이훈구 지음

감사는 단순한 습관이 아니라,
행복을 향해 나아가게 하는 삶의 나침반이다!

하루 한 줄의 감사가
삶 전체를 기쁨으로 물들인다

감사의 눈으로 다시 시작하는 삶

살아가다 보면 누구나 크고 작은 어려움을 만난다. 뜻대로 되지 않는 일에 낙심하기도 하고, 잃어버린 것들 때문에 마음이 무너지기도 한다. 하지만 지나온 시간을 돌아보면, 그 모든 순간 속에도 감사할 이유가 있었다는 것을 알게 된다. 감사는 상황이 좋아서 하는 선택이 아니라, 상황을 새롭게 바라보게 하는 힘이기 때문이다.

처음에는 억지로라도 "감사합니다"라는 말을 꺼내야 할 때가 있었다. 그러나 그 작은 한마디가 마음을 바꾸고, 마음이 바뀌자, 눈앞의 현실을 보는 시선도 달라졌다. 감사는 문제를 지워 버리지는 않지만, 문제를 바라보는 마음을 바꾸어 주었다. 그때부터 감사는 단순한 습관이 아니라 삶의 방향을 결정하는 나침반이 되었다.

나는 이 감사의 삶을 글로 기록하기 시작했다. 칼럼으로, 감사 일기로, 짧은 묵상으로 남긴 글들이 어느덧 내 삶을 증언하는 이야기가 되었고, 그것을 통해 하나님께서 어떻게 일하셨는지를 되새기게 되었다. 꿈과 비전의 이야기, 가족과 함께한 시간, 손주들과 웃으며 보낸 순간, 텃밭을 가꾸고 작은 기쁨을 발견한 일상 그리고 선교 현장을 위한 기도까지… 모든 것이 감사의 재료가 되었고, 행복의 열매가 되었다.

이 글들을 통해 독자도 일상에서 감사의 이유를 새롭게 발견하기를 바란다. 크고 거창하지 않아도 좋다. 아주 작은 것 하나에도 마음을 열어 감사할 때, 행복은 이미 그 자리에 와 있음을 알게 될 것이다.

이 책을 펼친 모든 분이 감사로 행복의 초대장을 받아 들고, 각자의 삶 속에서 그 은혜를 누리기를 기도한다.

G2G(Glory to God) 선교회 대표
이훈구 장로

차
례

3부   일상 속 감사와 기쁨

4부 사랑하는 가족, 감사의 시작

1부

감사의 눈으로 세상을 보다

⟨기독일보⟩, ⟨KCMUSA⟩, ⟨크리스찬타임스⟩,
⟨코리안저널⟩ 등에 게재된 칼럼 중심)

1장

삶과 신앙의 이야기

일반 칼럼

기다림이 주는 기쁨과 축복

어린아이들은 빨리 자라 어른이 되고 싶어 한다. 하지만 아무리 어른이 되고 싶어도, 시간과 세월이 지나야 아이들은 성장하여 청소년과 청년기를 거치며 어른이 되어간다. 그리고 성인이 되었다고 해서 기다림이 끝나는 것도 아니다. 인생은 여전히 기다림의 연속이며, 우리는 살아가면서 끊임없이 기다림과 함께 살아간다. 인생의 여정을 마치고 죽음을 맞이하는 그 순간까지도, 우리는 기다림의 삶을 살아가고 있다.

지금까지 살아오면서 내가 가장 간절히 기다렸던 순간은 언제였을까? 문득 그런 생각이 든다.

나는 어릴 적, 빨리 어른이 되어 내가 사랑하는 사람과 결혼해 함께 살고 싶은 마음이 간절했다. 그 기다림은 결국 12년이라는 시간이 필요했다. 초등학교 시절, 나는 한 소녀를 좋아하게 되었고, 중학교 2학년 무렵부터 그녀를 사랑하는 마음이 내 안에 깊이 자리 잡았다. 그래서 어서 빨리 어른이 되어 그녀와 결혼하고 싶다는 소망을 품고 기다리기 시작했다.

감사와 행복으로의 초대

그러나 결혼하기 위해서는 학업을 마치고, 직장을 구해 수입이 있어야만 가정을 꾸릴 수 있었다. 그래서 중학교 2학년 때부터 시작된 그 기다림은 학업과 취업 준비를 마치기까지 12년이 걸렸고, 그 시간은 나에게 인내와 준비의 시간이었다.

그러나 나는 결국 그 기다림의 시간을 끝까지 잘 견뎌내어, 지금의 아내와 결혼할 수 있었다.

결혼하고 나니, 이번엔 자녀를 기다리는 또 다른 기다림이 시작되었다. 하지만 아기는 한순간에 태어나지 않는다. 엄마의 뱃속에서 열 달 동안 자란 후에야 세상에 나오기에, 또다시 열 달의 기다림이 이어졌다. 그렇게 첫 아이가 태어났을 때, 나는 이루 말할 수 없이 기쁘고 감격했던 기억이 난다.

결혼 후 우리 부부는 세 명의 자녀를 낳았고, 그들을 양육하며 살아가기 위해 열심히 일하고, 성실하게 생활해야 했다. 그리고 무엇보다 중요한 것은 자녀들에게 신앙심을 심어주는 일이었다.

나는 주일 예배의 중요성을 자녀들에게 반복해서 알려 주었고, 예배를 통해 하나님과의 관계가 깊어지며 영적으로 새 힘을 얻는다는 사실을 인식시켜 주려고 노력했다. 부모로서 내가 해야 할 가장 중요한 역할 중 하나는, 예배를 통해 자녀의 마음에 믿음을 심어주는 것으로 생각했고, 실제로 그렇게 살아왔다.

자녀들이 성장하여 부모의 품을 떠난 후에는, 그들 스스로 자신의 삶을 책임지며 살아간다. 이때 스스로 예배의 자리를 지키는 습관을 갖게 하는 것은 신앙교육의 핵심이다.

나는 아이들의 마음에 신앙심이 깊이 자리 잡게 하려고, 주일이면 언제나 가족이 함께 교회에 가서 예배드리는 일을 최우선으로 여겼다. 그 결과, 자녀들이 대학 시절 부모 곁을 떠나 지낼 때도 주일성수를 잘 실천하였고, 결혼한 이후에도 온 가족이 주일에 함께 예배드리는 모습을 보며 참으로 감사한 마음을 갖게 되었다.

사람마다 행복했던 순간들은 다를 수 있다. 하지만 나에게 있어서 가장 행복한 순간은 감동적인 예배를 드릴 때임을 고백할 수 있다. 하나님을 믿는 그리스도인이라면, 예배가 얼마나 중요하고 필수적인지 깊이 알아야 한다.

> "내 영혼아, 여호와를 송축하라. 내 속에 있는 것들아, 다 그의 거룩한
> 이름을 송축하라." (시편 103편 1절)

우리는 온몸과 마음, 정성을 다해 하나님을 찬양하고, 그 거룩하신 이름을 송축하는 삶을 살아야 한다. 왜냐하면 하나님께서 가장 기뻐하시는 일은, 하나님의 영광을 높여드리는 예배이기 때문이다.

믿음의 조상 아브라함은 흔들리지 않는 신뢰를 바탕으로 하나님을 따랐던 인물이다. 그의 굳건한 믿음은 자손 대대로 이어지는 신앙의 뿌리가 되었고, 그 결과 아브라함-이삭-야곱으로 이어지는 축복의 통로가 되었다.

우리는 씨앗을 심으면 땅속에서 자라 열매를 맺기까지 기다려야 하며, 아이가 태어나기까지도 열 달을 기다려야 한다. 이처럼, 우리 삶의 많은 축복들도 하나님의 때에 맞춰 이루어지도록 준비되고 있다. 기다림 속에서 우리는 믿음의 뿌리를 내리고, 소망을 키우며, 인내하는 삶을 살아야 하겠다.

하나님의 축복을 기다리려면, 먼저 우리가 예배를 통해 하나님과

감사와 행복으로의 초대

굳건한 신뢰 관계를 유지해야 한다. 예배도 드리지 않으며 하나님과의 관계가 깨어진 상태에서 축복만을 바라는 것은 올바른 모습이 아니다. 믿음 생활의 기본은 예배를 충실히 하는 것이며, 하나님과 동행하는 삶을 꾸준히 살아갈 때, 지금 당장 눈에 보이는 축복이 없더라도 반드시 하나님의 때에, 하나님께서 주시는 참된 기쁨과 은혜와 축복을 누리게 되는 것이다. 그때를 기다리며, 인내하며, 소망을 품고 살아가는 우리가 되기를 소망한다.

삶이 글이 되고,
글이 삶이 되는 인생

비가 오거나 날씨가 추울 때는 따뜻한 국물이 있는 음식을 찾게 된다. 나도 예외는 아니다. 어느 비 오는 날, 하루 종일 흐리고 눅눅한 공기가 감도는 정오 무렵. 뜨끈한 국물의 쌀국수가 유난히 생각났다. 나는 가까운 쌀국수 식당에 전화를 걸어, 식당 안에서 먹겠다고 하며 쌀국수를 주문했다.

하지만 도착해 보니 내 음식은 포장 주문 용기에 담겨 준비되어 있었다. 나는 식당 직원에게 다시 한번 "식당에서 먹고 가겠습니다."라고 말했고, 그는 포장된 음식을 주방으로 가져가 다시 접시에 담아 나왔다. 그런데 확인해 보니, 그것은 쌀국수가 아니라 내가 평소에 잘 먹지 않는 돼지고기 덮밥이었다.

나는 "이건 제가 주문한 음식이 아닙니다."라고 말했고, 식당 직원은 다시 음식을 주방으로 가져갔다. 잠시 후, 주방 안에서 다소 큰 소리가 들렸다. "왜 주문을 제대로 못 받았냐"며 주인아주머니가 식당 직원을 꾸짖는 소리였다. 이내 그녀가 직접 홀에 나와 손님들의 주문을 받고 서빙하기 시작했다.

　　　　　　　　　　　　감사와 행복으로의 초대

보아하니 그 식당 직원은 일을 시작한 지 얼마 되지 않은 듯했다. 나는 그런 상황을 지켜보며 자리에 앉아 있었는데, 등 뒤에서 나지막한 목소리가 들려왔다.

"장로님, 안녕하세요."

깜짝 놀라 돌아보니, 우리 교회에 몇 차례 출석한 적이 있는 한국에서 출장 중인 성도였다. 우리는 반갑게 인사를 나누었고, 그는 식사를 마친 뒤 먼저 식당을 나섰다. 하지만 내 마음속에는 왠지 모를 찜찜함이 남았다.

우리 교회 목사님은 자주 이렇게 강조하신다.

"교회 안과 밖에서의 삶이 일치해야 합니다. 교회 안에서는 성도처럼 보이지만, 세상 속에서는 전혀 다른 삶을 살아서는 안 됩니다."

그 말씀이 문득 떠올랐다. 비록 주문을 잘못 받은 것은 내 잘못이 아니었지만, 내가 조금만 더 따뜻하고 부드럽게 반응했더라면, 그 초보 식당 직원은 혼나지 않았을 수도 있었을 것이다. 혹시 돼지고기 덮밥도 그냥 함께 먹겠다고 했더라면 어땠을까. 그랬다면 불필요한 꾸중은 피할 수 있었을지 모른다.

조금 전 인사를 나누었던 그 성도님의 눈에는 내 모습이 어떻게 비쳤을까?

나는 양보와 배려보다는 '내가 잘못한 것이 없으면 굳이 고치지 않는다'라는 태도를 가지고 살아온 것은 아닌지, 자신을 돌아보게 되었다.

나는 글쓰기를 진심으로 좋아하고 즐기며 살아가는 사람이다. 삶을 글로 표현하고, 또 그 글대로 살아가고 싶은 마음이다. 그런데 오늘 같은 상황에서, 과연 예수님이라면 어떻게 하셨을까?

"모든 성경은 하나님의 감동으로 된 것으로,

교훈과 책망과 바르게 함과 의로 교육하기에 유익하니,

이는 하나님의 사람으로 온전케 하며,

모든 선한 일을 행하기에 온전케 하려 함이라." (디모데후서 3장 16-17절)

성경은 하나님의 감동으로 쓰인 말씀이다. 그리고 그 말씀은 하나님의 사람으로 자라가게 하고, 모든 선한 일을 행할 수 있도록 우리를 온전하게 만들어 준다.

그렇다면 나는 과연 '모든 선한 일을 행하기에 온전한 사람'인가? 이 질문 앞에 서면, 부끄러움을 피할 수 없다.

예수님의 삶은 글로 기록되어 우리에게 남겨졌고, 우리는 그 기록을 통해 신앙의 길을 배우며 살아간다. 그 말씀이 바로 성경이다. 예수님의 삶은 하나님의 감동이 되어 수천 년 동안 수많은 사람에게 믿음의 영감을 주고 있다.

그렇다면 나는 지금까지 어떤 삶을 살아왔는가? 그리고 앞으로 어떤 삶을 살아가고 싶은가?

비록 부족하지만, 예수님의 삶을 닮아가며 본받는 삶을 살아가야겠다고 다짐해 본다.

나는 나의 삶이 글로 표현될 수 있는 사람이 되기를 바란다. 그리고 그 표현된 글이 다시 나의 삶이 되어, 선한 일을 행하기에 온전한 삶으로 이어지기를 소망한다.

교회 안에서의 삶과 세상 속에서의 삶이 일치하는 사람, 즉 어디에 있든지 성도로 살아가는 사람이 되기를 나는 기도한다.

나의 삶도 누군가에게 위로와 감동, 그리고 좋은 흔적이 되는 글로 남겨지기를 바란다. 그리고 그 글이 다시 누군가의 삶에 따뜻한 울림이 되어, 선한 영향력으로 이어지기를 간절히 소망하는 마음이다.

한쪽 눈으로 살아가는 축복

　사람은 누구나 나이가 들면 기력이 약해지고, 여기저기 신체에 이상이 생기기 시작한다. 특히 눈이 잘 안 보이거나 귀가 잘 안 들리는 것은 흔한 일이다. 세월이 좀 더 지나면 걷는 것도 불편해지고, 보조기구나 휠체어를 찾게 되기도 한다. 그래도 요즘은 참 다행이다. 의학이 발달해서 눈은 수술하거나 안경, 콘택트렌즈로 보완할 수 있고, 귀는 보청기로 어느 정도 들을 수 있다. 다리에 힘이 빠지면 보조기구나 휠체어의 도움도 받을 수 있다.

　나는 어릴 적 한쪽 눈의 시력을 거의 잃었다. 회복이 어려운 상태였고, 지금까지도 다른 한쪽 눈에만 의지해 살아가고 있다. 그래서 남은 눈이라도 잘 관리하려고 6개월마다 정기적으로 안과 검진을 받고 있다. 며칠 전에도 병원에 가서 대기실에 앉아 사람들을 둘러보니, 대부분이 60대 이상이고 보조기구나 휠체어를 이용하는 사람도 꽤 많았다. 그 풍경이 낯설지 않게 다가왔으며, 앞으로 나이가 더 들게 되면 나도 그들과 같아질 것이란 생각이 들어 평소에 건강 관리를 더 잘해야겠다고 다짐하게 되었다.

　　　　　　　　　　　　　　감사와 행복으로의 초대

작년까지만 해도 의사가 내년쯤 백내장 수술을 해야 할 것 같다고 말했는데, 이번 검진에서는 눈 상태가 오히려 좋아졌다고 했다. 수술도 필요 없다는 말에 마음이 참 가볍고 감사했으며, 햇살 아래 병원 문을 나서는 순간 하나님께 감사한 마음이 들었다.

사실 나는 내 눈 이야기를 가족 외에는 거의 하지 않고 살아왔다. 그런데 얼마 전, 한 지인이 한쪽 눈 수술 이후 시력을 회복하지 못하고 불안해하는 모습을 보게 됐다. 그래서 나는 그분에게, 나의 한쪽 눈이 어릴 때 망가지고도 평생 한쪽 눈만으로 건강하게 잘 살아가고 있다고 설명해 주며 너무 염려하지 말라고 위로해 드린 적이 있다. 그랬더니 그분은 무척 고마워하는 마음을 표현했다.

그 일을 계기로 내 마음이 바뀌었다. 나의 약함을 숨길 필요도, 두려워할 이유도 없다는 것을 알게 됐다. 한쪽 눈으로 살아가는 것이 부족함이 아니라, 누군가에게는 위로가 될 수 있다는 것을 깨달았다. 그렇게 누군가에게 위로가 된다는 사실 자체가 축복이라는 것을 느끼게 되었다.

가만히 생각해 보면, 하나님은 사람의 얼굴에 눈과 귀를 두 개씩 주셨고, 입은 하나만 주셨다. 눈은 앞에만 있고, 귀는 양옆에 있다. 왜 그랬을까 생각하다가 이런 해석이 떠올랐다. 눈이 앞에만 있는 것은 '뒤돌아보지 말고, 앞을 보고 나아가라'라는 뜻일지도 모른다. 귀가 양옆에 있는 것은 '더 많이 듣고, 더 넓게 들으라'라는 뜻 아닐까. 그렇게 세상 이야기를 듣고, 중심을 잃지 않으면서 앞으로 나아가는 삶, 그것이 건강한 삶 아닐까 싶다.

입은 하나지만 중요한 기능이 두 가지다. 음식을 먹고 물을 마셔서 생명을 유지하게 하고, 말을 통해 다른 사람과 소통하게 한다. 나이가 들수록 눈과 귀가 어두워지는 것도 어쩌면 하나님이 주신 지혜일지 모른다. 너무 많은 것을 보거나 듣기보다, 때로는 못 본 척, 못 들은 척하며 사는 것이 오히려 편할 때도 있다. 그러니 나이가 들면서 눈과 귀가 좀 나빠지거나 신체의 일부에 이상이 생겨도 너무 놀라거나 염려하지 말고, 잘 받아들이며 긍정적으로 살아가는 지혜도 필요할 것이다.

"듣는 귀와 보는 눈은 다 여호와께서 지으신 것이니라." (잠언 20:12)

하나님께서 만들어 주신 눈과 귀를 가지고, 나에게 필요한 것만 챙기고 나 자신만을 위해 살아갈 것이 아니라, 남의 말을 더욱 귀담아듣고 경청하며, 필요로 하는 사람에게는 위로의 말을 건네고, 볼 수 있는 눈으로 세상을 더욱 넓게 바라보면서 나의 도움이 필요한 곳이라면 누군가에게 도움을 줄 수 있는 마음으로 살아가는 자가 될 때, 진정한 행복을 느낄 수 있을 것이다. 나는 비록 한쪽 눈으로 살아가지만, 그런 행복을 더 많은 사람과 나누며 살아갈 수 있기를 소망해 본다.

감사와 행복으로의 초대

서로의 차이점을 받아들이고
인정하며 살아가는 지혜

세상의 많은 여성들은 결혼 후에 남편과 함께 외식하는 것을 좋아하고, 또 결혼 후 몇십 년을 함께 살고 난 이후에는 남편이 집에서 식사하지 않고 밖에서 먹고 들어오는 것을 무척 좋아하는 편이다. 나의 아내도 예외는 아닌 것으로 느껴진다.

내가 젊을 때는 회사 생활을 하면서 평일에는 아침 식사만 집에서 하고, 점심과 저녁 식사는 대부분 회사에서 하거나, 약속이 있어서 밖에서 먹고 집으로 들어오는 편이었다. 그러나 내가 자영업을 20년 전에 시작하게 된 이후에는 아침, 점심, 저녁을 거의 집에서 먹는 경우가 많아졌다. 왜냐하면 내가 살고 있는 집과 내가 일하는 사무실은 차로 5분 거리에 있어서, 점심도 특별한 약속이 없으면 집에 와서 먹고 가는 편이다.

나는 60대에 접어들면서 아침 식사는 내가 준비하고, 아내는 늦게까지 잠을 푹 잘 수 있도록 배려하고 있다. 내가 사무실에 출근하는 시간은 아침 10시이니, 아침 식사를 준비할 시간적 여유가 충분히 있고, 또 지금까지 많은 수고를 한 아내에 대한 고마운 마음으로, 아내가 시장에서 구입하여 냉장고에 넣어둔 과일과 채소, 계란 등으로 아침마다 즐거운 마음으로 식사를 준비할 수 있음에 감사한 마음이다.

6월 셋째 주일은 내가 살고 있는 미국에서는 아버지의 날이다. 그리고 세계에서 아버지의 날을 6월 셋째 주에 지키는 국가는 7개 국가가 있으며, 그 외에 날짜는 다르지만 아버지날을 지정하여 지키는 국가를 포함해 총 열두 개 국가에서 아버지날을 정하여 지키고 있다.

아버지날을 맞아 아내와 둘이 평소에 가 보지 못하던 식당으로 가서 맛있게 저녁을 먹고, 함께 시간을 보낼 수 있어서 참으로 좋았다. 그리고 교회에서도 아버지날을 기념하여 모든 아버지에게 장미꽃 한 송이를 전달하는 시간이 있었고, 기념사진도 함께 찍을 수 있어서 아주 행복한 아버지날을 보내게 되어 감사했다.

3주 전부터 시작한 '감사와 행복한 삶'이라는 과정은 온라인 줌 화상으로, 한국의 감사 나눔공동체 김남용 대표가 주관하는 10주 과정이다. 나도 이 과정에 참석하게 되었다. 매주 1시간 30분 동안 화상 강의와 실습이 진행되는데, 지난주의 숙제는 가족에 대한 칭찬 다섯 가지를 적어 읽어주는 것이었다.

나는 시간을 내어 나의 아내에 대한 칭찬을 적어 나가기 시작했는데, 다섯 가지만으로는 부족한 느낌이 들어 칭찬 열 가지를 컴퓨터에 타이핑하고 다시 출력하였다. 그리고 집에서 그냥 전달하기보다는 식당에서 분위기를 띄우고 전달하는 것이 좋겠다는 생각이 들어, 아버지의 날 기념 외식을 하면서 식사를 다 마친 후 안주머니에 넣어두었던 '나의 아내에 대한 칭찬 열 가지'를 적은 종이를 아내에게 주고 직접 읽어보라고 하였다. 아내는 하나씩 읽어가며 마음에 감동이 오는 느낌을 받은 듯했고, 다 읽고 나서는 나에게 아주 고맙다고 표현해 주었다. 나도 참으로 감사한 마음이 가득한, 행복한 날이었음을 고백하게 되었다.

성격과 스타일이 전혀 다른 남녀 두 사람이 만나 결혼하게 되면, 결혼 초기에는 두 사람의 성격과 살아온 문화 차이로 인해 그 간격을 좁혀 가는 데 시간이 걸리는 경우가 많다. 어떤 부부는 그사이를 좁히지 못해 결국 갈라서는 경우도 있다. 나도 결혼 초기에는 서로의 의견 차이로 가끔 언쟁하며 살아온 것 같다. 그러나 60대 중반이 된 지금은 거의 서로가 알아서 잘 맞추어 가는 부부가 된 것 같다.

하나님이 사람을 만드실 때, 각자의 개성과 성격을 모두 다르게 만드셨지, 한 사람도 똑같이 만드시지는 않았다. 각자의 개성과 스타일이 다르지만, 하나님께서 만들어 주신 그 자체로서 모두가 누군가로부터 사랑받을 자격이 충분한 것이다. 즉 모든 사람은 하나님의 최고 걸작품이다.

그러므로 너무 내 생각과 나의 스타일로 상대방을 변화시키려 하지 않아야 하겠다. 그냥 있는 그대로 인정해 주고 사랑해 주는 것이 참으로 필요하다고 본다. 가정에서 부부 사이뿐 아니라 부모와 자녀 사이에도 마찬가지이다.

있는 그대로, 그 모습 그대로를 인정해 주며 살아가는 우리들이 될 때, 가정은 더욱 평안하고 더욱 행복한 가정이 될 것이다. 그리고 더 나아가 친척이나 사회 공동체에서도 서로의 다른 점을 인정해 주고, 있는 그대로 받아 주며 인정하며 살아갈 때, 그 관계가 계속 좋은 사이로 유지될 수 있을 것이다.

"누가 누구에게 불만이 있거든 서로 용납하여 피차 용서하되, 주께서 너희를 용서하신 것같이 너희도 그리하고, 이 모든 것 위에 사랑을 더하라. 이는 온전하게 매는 띠니라." (골로새서 3:13-14)

살아가면서 서로에게 불만이 생기더라도, 주님께서 나를 용서해 주신 것처럼 다른 사람도 용서하고, 용납하며, 사랑을 더하는 삶을 살아가야 하겠다. 그래서 우리 모두가 상대방의 개성과 스타일을 있는 그대로 인정하고 존중해 주는 삶을 살아감으로써, 자신의 주변 사람들과 항상 좋은 관계를 잘 유지하며 더욱 행복한 인생 여정을 걸어가는 자들이 되기를 소망해 본다.

감사와 행복으로의 초대

아내의 새로운 도전,
첼로의 선율 속에서

사람이 나이가 들면 그 나이에 맞는 취미를 갖는다는 것은 참으로 귀한 일이다. 그리고 그 취미 생활을 통해 삶이 더욱 즐겁고 풍요로워진다면, 그는 행복한 사람이라 할 수 있을 것이다. 나의 아내는 원래 말이 적고 조용한 성품의 사람이다. 나는 바로 그 점에 끌려 결혼을 결심했고, 지금까지 함께 걸어오게 되었다.

결혼 후 아내는 줄곧 아이들의 등하교를 책임지며 바쁘게 지냈다. 미국에서는 아이들을 학교에 직접 차로 데려다주고 데려오는 것이 일반적이다. 내가 살고 있는 텍사스 남부도 예외가 아니다. 집에서 학교까지 10분 남짓한 거리였지만, 하루 두 번 등하교를 챙기고 방과 후 다양한 활동까지 책임져야 하니 아내의 하루는 늘 분주했다.

그러나 자녀들이 고등학교를 졸업하고 대학에 진학하면서 다른 도시로 떠나자, 집에는 부부 둘만 남게 되었다. 그때부터 남는 시간을 어떻게 보내느냐가 여생을 어떤 모습으로 살아가게 될지를 결정짓는 중요한 요소가 되었다.

아내는 독서를 취미로 삼아 수많은 책을 읽으며 마음의 기쁨을 누려왔다. 나 역시 책 읽기를 좋아하지만, 지금은 글을 쓰는 것이 더 큰 즐거움이 되었다. 그러던 중, 손녀가 첼로를 배우기 시작하면서 아내도 늦게나마 도전해 보기로 했다. 1년 늦게 시작한 첼로가 아내의 새로운 취미가 되었고, 매일 몇 시간씩 연습하며 일주일에 한 번씩 레슨을 받는 가운데 지난 1년 동안 두 차례의 발표회 무대에도 서게 되었다.

발표회를 준비하는 동안 아내는 어깨와 팔이 아파 병원에서 주사를 맞을 정도로 힘들어했지만, 그럼에도 포기하지 않고 연습에 몰두했다. 마침내 어제 두 번째 발표회를 치를 수 있었다. 주로 중·고등학생들이 무대에 서는 자리였지만, 그 사이에 60대 중반인 아내가 당당히 서 있는 모습은 나에게 큰 감동을 주었다.

나는 발표회가 끝난 후 아내를 위해 준비해 간 꽃다발을 건넸다. 그런데 아내는 그 꽃을 다시 선생님께 드렸고, 선생님은 환하게 웃으며 아내를 칭찬했다. 그 모습을 보며 나는 아내의 취미 생활이 단순한 여가 활동을 넘어 아름다운 열매로 맺어져 가고 있음을 느낄 수 있었다. 참으로 자랑스럽고 감격스러운 순간이었다.

이제 아내의 취미는 단순히 시간을 보내는 수단이 아니라, 삶을 풍요롭게 하고, 또 다른 사람들에게도 감동을 주는 통로가 되고 있다. 나 역시 그 모습을 바라보며 하나님께 감사드린다. 아내의 삶 가운데 이렇게 귀한 즐거움과 열정을 허락해 주신 분이 하나님이시기 때문이다.

성경은 이렇게 말씀한다.

"그들은 늙어도 여전히 결실하며 진액이 풍족하고 빛이 청청하여"

감사와 행복으로의 초대

(시편 92편 14절)

아내의 취미를 통해 나누어지는 기쁨과 열매가 단지 우리 가정만의 행복에 머무르지 않고, 하나님께서 기뻐하시는 향기로운 삶의 고백이 되기를 소망한다.

텃밭이 옥토로 바뀌듯 마음 밭도

어느 날 나는 아내와 함께 둘째 딸 집을 방문하여 며칠 동안 딸 가족과 함께 지낸 적이 있었다. 사위는 집 뒤뜰에 여러 나무를 심고 채소를 가꾸는 것을 무척 좋아했는데, 나와 같은 취미를 가지고 있었다. 손주들도 아빠를 따라서 뒤뜰에서 나무와 채소에 물을 주며 함께 시간을 보내는 것을 무척 즐거워했다. 아이들은 과일을 좋아하고 뒤뜰에서 재배한 채소도 잘 먹었다.

가족이 넷이다 보니 식사나 과일을 먹고 나면 음식 찌꺼기와 과일 껍질이 매일 많이 나왔다. 그런데 딸과 사위는 싱크대 밑에 통을 두고 모든 음식 찌꺼기와 껍질을 그 안에 넣고는 뚜껑을 닫아 두었다. 처음에는 분리수거용으로 알고 있었는데, 어느 날 그 통을 뒤뜰로 가지고 나가 땅을 파고 묻는 것을 보았다. 이유를 묻자, 사위는 땅에 묻으면 거름이 되어 좋다고 했다. 그 말이 내 귀에 쏙 들어왔다.

며칠 후 집으로 돌아온 나는 그날부터 집에서 생기는 음식 찌꺼기와 과일 껍질을 모으기 시작했다. 하루에 한 번씩 이른 아침이나 저녁 퇴근 후에 뒤뜰 텃밭을 파고 모아둔 찌꺼기를 묻었다. 겨울이나 한여름에는 채소가 잘 자라지 않아 텃밭이 비는데, 그 시기에 꾸준히 묻어 두었다. 그러다 봄과 가을이 되어 씨앗을 뿌리니 예전보다 훨씬 싱싱한 채소들을 수확할 수 있었다.

또 텃밭이 아닌 잡초투성이 빈 땅에도 땅을 파고 찌꺼기를 묻어 두었더니 그 삭막한 땅도 옥토로 바뀌는 것을 보게 되었다. 이렇게 해서 텃밭은 점점 넓어지고, 더욱 옥토가 되어 쑥갓, 상추, 열무, 파 등 여러 채소가 잘 자라 가족에게 유익한 먹거리를 풍성히 제공해 주었다. 아침과 저녁에 채소에 물을 주며 하루하루 쑥쑥 자라는 모습을 보는 즐거움은 참으로 크다.

텃밭이 옥토로 바뀌어 가는 모습을 보면서 사람의 마음 밭을 생각하게 된다. 성경 마가복음 4장 3~8절에는 씨 뿌리는 비유가 나온다. 씨가 길가에 떨어지면 새들이 와서 먹어 버리고, 돌밭에 떨어지면 흙이 얕아 해가 뜨면 말라 버리고, 가시 떨기에 떨어지면 가시에 막혀 열매를 맺지 못한다. 그러나 좋은 땅, 즉 옥토에 떨어진 씨앗은 싹이 나고 잘 자라서 삼십 배, 육십 배, 백 배의 결실을 본다.

텃밭에 음식 찌꺼기를 묻어 옥토로 바뀌는 것처럼, 사람의 마음 밭도 처음에는 길가, 돌밭, 가시 떨기 같을지라도 갈아엎고 돌과 가시를 제거하고, 그 마음에 하나님의 말씀을 심으면 옥토로 변화될 수 있다고 생각하게 된다.

나 역시 초등학교 때까지 시골에서 자란 개구쟁이였고, 어머니 손에 이끌려 교회에 다니기는 했지만, 예수님을 마음에 온전히 받아들이지 못해 길가 밭, 돌밭, 가시 떨기 같은 마음이었다. 그러나 중학교 3학년 겨울방학, 팔공산 중턱의 작은 교회에서 열린 부흥회 마지막 새벽기도회에서 예수님을 만났다. 그동안 지은 죄를 회개하며 눈물과 콧물을 흘리며 많이 울었던 기억이 아직도 생생하다.

그때부터 내 마음의 밭을 갈아엎고 예수님의 생명 말씀을 심기 시작했다. 그 이후 말씀은 조금씩 내 마음에 스며들었고, 부족하지만 말씀의 열매가 맺히기 시작했다. 메마르고 삭막했던 마음 밭이 주님의 은혜로 옥토가 되어 가는 것을 경험할 수 있었다.

그렇게 된 나는 지금의 아내와 함께 믿음의 가정을 이루게 되었고, 하나님께서 주신 세 자녀 모두가 믿음 안에서 아름다운 가정을 세울 수 있게 되었다. 참으로 귀한 열매를 주신 하나님께 늘 감사한 마음이다. 이 모든 일들은 오직 전적으로 주님의 은혜였음을 고백하며, 앞으로도 늘 하나님께 영광을 드높이는 삶을 살아가기를 소망한다.

성령의 기름으로 채우는 삶

어느 날, 집을 떠나 일주일간 출타를 해야 해서 비행기를 세 시간 타고 이동하게 되었다. 출발하기 전 차에 기름이 거의 다 떨어져 간다는 신호가 떴지만, 귀가 후 넣으면 되겠다고 생각하며 그냥 집에 세워 두고 떠났다.

출타를 마치고 밤늦게 집에 돌아왔을 때도 기름 넣는 것을 잊었고, 다음 날 아침 식사 후 급히 사무실로 출근하다 보니 또 넣지 못했다. 아내가 점심 준비를 해야 한다기에, 나는 아내와 내가 좋아하는 육개장을 주문해서 집으로 가져오겠다고 약속했다. 점심시간이 되어 전화를 걸어 2인분을 주문하고, 직접 가지러 가기로 했다.

보통 10분이면 도착하는 거리였지만, 차에 기름이 거의 없었기에 고속도로 대신 외곽 길로 운전하며 주유소를 찾았다. 그러나 마땅한 주유소가 없어 결국 식당까지 다녀오게 되었다. 돌아오는 길에 보니, 계기판에는 이제 1마일밖에 주행할 수 없다는 경고가 떴다. 주유소를 향해 가는 동안 차가 멈출까 불안해 마음이 조마조마했다. 신호등 앞에서 파란불을 기다리는 순간조차 시동이 꺼질까 두려웠다. 다행히 겨우 주유소에 도착해 기름을 넣자, 마음에 평안이 찾아왔다.

이 경험을 통해, 신앙생활도 마찬가지임을 깨달았다. 영혼에 성령의 임재가 충만할 때는 마음에 평안과 감사가 넘친다. 그러나 성령의 임재를 느끼지 못하고 영혼이 메마를 때는, 마치 기름이 바닥난 차를 운전하며 불안해하는 것처럼 갈급함 속에 살 수밖에 없다.

차는 기름이 떨어지면 다시 채우면 된다. 그러나 완전히 바닥날 때까지 기다리지 말고 미리 채워 두어야 목적지까지 안전하게 갈 수 있다. 마찬가지로, 우리의 궁극적인 목적지가 천국이라면, 영혼이 메말라 성령의 임재를 느끼지 못하는 상태로 살아서는 안 된다. 그렇게 되면 목적지를 잃고 방황하는 삶이 되고 만다.

평안한 마음으로 천국을 향해 살아가기 위해서는 영혼에 성령의 불길이 늘 활활 타오르도록 말씀과 기도와 찬양으로 준비하며 살아야 한다.

마태복음 25장 1-13절의 열 처녀 비유에서도 예수님은 천국을 등을 들고 신랑을 맞으러 나간 열 명의 처녀에 비유하셨다. 다섯은 미련하여 기름을 충분히 준비하지 못했고, 다섯은 슬기롭게 기름을 가득 채워 두었다. 신랑이 더디 오는 동안 모두 졸며 잠들었을 때, 갑자기 신랑이 온다는 소리가 들렸다. 미련한 처녀들은 기름이 다 떨어져 사러 간 사이 신랑이 도착했고, 슬기로운 다섯 처녀만 신랑을 맞이할 수 있었다. 문이 닫힌 후 미련한 처녀들이 "주여, 우리에게도 문을 열어 주소서"라고 외쳤지만, 신랑은 "내가 너희를 알지 못하노라." 하셨다. 예수님은 이어 말씀하셨다.

"그런즉 깨어 있으라 너희는 그날과 그때를 알지 못하느니라."

크리스천에게 말씀과 기도, 찬양은 영혼을 늘 깨어 있게 하는 힘이다. 그것은 차에 기름을 미리 채워 두는 일과 같고, 슬기로운 다섯 처녀가 등불의 기름을 준비한 것과 같다.

나의 영혼에 성령의 기름이 늘 충만하여 성령의 불길이 꺼지지 않고 활활 타올라, 평안하고 축복된 삶을 살아가기를 간절히 소망한다.

인생 2막,
감사로 채워가는 글쓰기 여정

　나는 60대 이후부터 책을 많이 읽기 시작했다. 젊은 시절에도 책을 가까이했지만, 인생의 후반부에 들어서면서 독서는 나에게 새로운 의미로 다가왔다. 단순히 지식을 얻는 것을 넘어 삶을 돌아보고 성찰하며, 내 신앙과 일상을 더 깊이 바라볼 수 있는 거울이 되어 주었기 때문이다. 읽은 책들은 독서 리뷰로 정리해 미국 텍사스의 한 주간지에 일 년 동안 연재하기도 했다. 그 경험은 내가 글을 사랑하게 되는 큰 계기가 되었고, 지금은 감사 일기를 통해 나의 삶을 글로 표현하면서 글쓰기를 삶의 중요한 부분으로 삼게 되었다.

　그러나 글쓰기는 즐겁지만, 동시에 손가락에 큰 부담을 주었다. 컴퓨터로 타이핑을 오래 하다 보니 몇 년 전부터 방아쇠수지증후군(Trigger Finger) 증상이 나타나기 시작했다. 손가락이 잘 펴지지 않고 통증이 찾아와 일상에 불편을 주었다. 그동안 스테로이드 주사를 네 번이나 맞았지만 완전히 회복되지 않아 결국 2주 후에는 수술받기로 약속을 잡았다. 손가락이 불편한 상황 속에서도 나는 글쓰기를 멈추지 않았다. 오늘도 이렇게 아픈 손을 이끌고 타이핑하면서 글을 쓰고 있으니, 글쓰기가 내 삶에서 얼마나 큰 의미를 차지하고 있는지를 새삼 깨닫게 된다.

흥미로운 것은, 책을 꾸준히 읽은 덕분에 나의 글쓰기가 점점 더 수월해졌다는 사실이다. 다른 사람의 글을 읽고 배운 것이 밑거름되어, 이제는 하나의 제목만 떠올리면 나의 글이 잘 풀려나온다. 덕분에 최근에는 내가 쓴 글들을 미국의 기독교 언론 2~3곳에 칼럼으로 게재하기 시작했다. 그리고 오늘 아침, 내가 올린 글 두 편이 동시에 주간 인기 글 Top 10에 올라온 것을 보게 되었다. 그것도 인지도가 높은 목사님들의 글과 나란히 실려 있었다. 나 같은 평범한 글쓴이가 두 편이나 동시에 이름을 올렸다는 것이 믿기지 않았다. 참으로 감사한 순간이었고, 하나님께 진심으로 감사드리지 않을 수 없었다.

나는 늘 60대 이후의 인생 2막을 어떻게 보낼지 깊이 고민해 왔었다. 그동안 여러 개를 운영하던 사업을 8년 전에 매각 정리하고 지금은 한 곳의 매장만 남겨두었다. 직원들이 주로 일을 맡아주고 나는 관리 정도만 하면서 시간을 절약할 수 있게 되었다. 그렇게 남은 시간은 책을 읽고 글을 쓰는 데에 더 집중할 수 있었고, 동시에 내가 하고 싶은 일들을 하나둘 실천할 기회가 열렸다. 그것이 바로 나의 인생 2막의 시작이었다.

내가 하고 싶은 일은 자비량 선교를 운영하며 선교지를 지원하는 일과 자녀교육과 결혼에 관한 세미나를 열어 가정의 회복과 믿음의 세대를 세워가는 일이다. 그리고 감사와 행복으로의 초대 세미나와 간증 설교를 통해 내가 경험한 은혜와 노하우, 그리고 하나님께 받은 은사를 나누는 것이다. 또 글쓰기를 통해 더 많은 사람에게 선한 영향력을 끼치고 싶다. 이러한 일들은 내 인생의 후반부를 풍요롭게 하고, 또한 나 자신을 하나님께 더 가까이 인도하는 소중한 사명이라 믿는다.

그래서 지난 3년 동안 두 권의 책을 출간했고, 내년에는 신앙 에세이를 다시 출간할 준비를 하고 있다. 그 책의 제목을 감사와 행복에 관련된 것으로 정할까 한다. 왜냐하면 감사와 행복은 언제나 함께하기 때문이다. 감사가 있는 곳에 행복이 있고, 행복을 지키는 힘도 감사에서 나온다. 나 또한 삶의 모든 순간을 감사로 바라보며 살고 싶다. 그래서 나의 글과 칼럼을 세상에 공개함으로써 누군가에게라도 작은 위로와 도움이 되기를 바라는 마음이다.

내 평생의 꿈은 한 권의 베스트셀러 책을 꼭 출간하는 것이다. 그러나 단순히 이름을 알리기 위한 목적이 아니라, 하나님이 주신 비전과 감사의 메시지를 더 많은 사람과 나누기 위함이다. 그리고 만약 책 수익이 생긴다면 전액을 선교 지원에 사용할 것을 이미 마음속에 다짐했다. 그 꿈이 이루어지든 이루어지지 않든, 모든 것을 하나님의 뜻에 맡기며 살아가니 오히려 마음에 부담감은 없다. 이것 또한 나에게는 감사의 제목이다. 오늘 아침에도 나는 이렇게 글은 쓰면서 나의 꿈을 누군가와 나눌 수 있다는 사실만으로 행복하다. 글을 쓰는 시간이 곧 기도이자 고백이며, 하나님께 드리는 작은 찬양 같다는 생각이 든다. 이런 맑은 아침을 허락하시고, 감사할 수 있는 마음을 주신 하나님께 진심으로 감사드린다.

감사와 행복으로의 초대

꿈꾸는 자의 행복한 마음

어릴 적에는 이발소에 자주 가지 못하고, 주로 설이나 추석 같은 명절을 앞두고 머리를 깎았던 기억이 있다. 그러나 중·고등학교 시절에는 머리를 짧게 유지해야 했기에 거의 한 달에 한 번꼴로 이발했다. 대학생이 되면서는 머리를 기를 자유가 생겨, 가끔은 머리카락을 길게 기르고 바람에 휘날리며 '폼'을 잡던 시절도 있었다.

하지만 결혼하고 직장 생활을 시작하면서부터는 한 달에 한 번씩은 이발하며 용모를 단정하게 유지하려 노력했다. 미국 텍사스 남부로 이민 온 이후에도 약 20년 가까이 단골 미용실에서 매달 한 번씩 머리를 다듬고 있다.

어느 날, 이발을 하려고 단골 미용실을 찾았을 때였다. 원장님께서 평소보다 더욱 밝은 표정으로 건강한 모습으로 반겨주셨다. 60대 후반의 나이에도 불구하고, 미용에 대한 전문성과 열정을 지닌 채 오랜 세월 미용실을 성실하게 운영하고 계셨다.

머리를 자르는 동안 이런저런 이야기를 나누던 중, 나는 그분의 취미와 꿈에 대해 듣게 되었다. 미용실 벽에는 다양한 종류의 새들이 그려진 그림이 아름답게 전시되어 있었다. 알고 보니, 원장님은 오전에는 미용실을 열지 않고 지역 커뮤니티에서 운영하는 취미 그림 교실에 다니며 그림을 그린 지 벌써 2년이 넘었다고 하셨다. 오후에는 예약 손님 중심으로 미용실을 운영하고 계셨다.

그림 이야기를 나누면서 놀라운 사실을 알게 되었다. 전공하지는 않았지만, 단순한 취미로 시작한 그림 그리기가 이제는 수준 높은 작품으로 발전하여, 원하는 분들께는 판매도 하고 계셨다. 가격도 매우 저렴하게 책정되어 있어 놀라웠다. 한 그림을 처음에는 8시간 정도 들여 그리셨고, 경험이 쌓이면서는 3~4시간 만에 완성할 수 있게 되었다고 하셨다.

내가 "그 시간과 정성을 생각하면 가격이 너무 싼 것 같습니다."라고 말씀드리자, 원장님은 이렇게 대답하셨다.

"지금은 배우는 중이니까요. 그림을 통해 이익을 남기기보다는 재료비만 건지면 돼요. 누군가가 제가 그린 그림을 기쁘게 사 간다는 것 자체가 저에겐 기쁨이고 행복이에요."

장차 자신의 그림이 더 많은 사람에게 알려져 그림의 가치가 높아진다면 그때는 가격을 조정할 수도 있겠지만, 지금은 그럴 때가 아니라며 겸손히 웃으셨다. 그 말씀 속에서 겸손하고 따뜻한 마음이 전해졌다. 이어서 하신 말씀도 인상 깊었다.

"사람을 귀하게 여길 줄 알아야죠. 처음부터 물질을 앞세우면 안 됩니다."

그 말씀이 참으로 깊은 울림으로 다가왔다. 이윤을 남기기 위해 처음부터 비싸게 팔기보다는, 자기 작품을 사주는 한 사람 한 사람을 귀하게 여길 줄 아는 그 마음이 참으로 고귀하게 느껴졌다.

감사와 행복으로의 초대

그래서일까. 원장님의 자녀들, 딸 셋 아들 하나 모두 성실하고 따뜻한 인품으로 사회생활을 잘해 나가는 모습을 볼 때, 그 마음의 뿌리가 자녀들에게도 자연스럽게 이어졌음을 느낄 수 있었다.

원장님은 언젠가 자신의 그림이 많은 이들에게 인정받기를 소망하며 이렇게 말씀하셨다.

"중간에 포기하지 않고 꾸준히 한다면, 언젠가는 빛을 보게 될 거예요."

그 꿈을 가슴에 품고 매일 그림을 그리며 살아가는 원장님의 모습은 참으로 아름다워 보였다. 나는 진심으로 "정말 재능이 뛰어나십니다"라고 칭찬하며, 그분의 꿈을 응원한다고 말씀드렸다. 그러자 원장님의 얼굴에는 환한 미소가 번졌고, 그 미소 속에는 꿈을 향해 나아가는 생명의 에너지가 느껴졌다.

그렇다. 나이가 젊든, 다소 들었든, 꿈이 있다는 것 자체가 인생을 행복하게 만들어 주는 이유가 된다.

"그 후에 내가 내 영을 만민에게 부어 주리니,
너희 자녀들은 예언할 것이며,
너희 늙은이는 꿈을 꾸며,
너희 젊은이는 이상을 볼 것이며" (요엘 2장 28절)

젊은이는 비전을 품고 미래를 향해 힘차게 나아가야 한다. 그리고 노인이 되어도 나이가 들었다고 해서 그저 되는 대로 살아서는 안 된다. 작은 꿈이라도 가슴에 품고, 그 꿈을 이루기 위해 끝까지 포기하지 않는 삶을 사는 사람, 바로 그런 사람이 진정으로 행복한 사람이다.

　꿈꾸는 자의 마음은 늘 새롭고, 매일이 기다려지는 삶이 된다. 우리 모두 각자의 적성과 재능에 맞는 취미와 소명, 그리고 작은 꿈 하나라도 가슴에 품고, 그 꿈을 향해 오늘도 몸과 마음과 영혼을 맑고 건강하게 가꾸며 살아가기를 소망한다.

내가 구순이 될 그날에도

나는 대학 시절부터 교회의 성가대 테너 파트에서 찬양해 왔다. 그리고 50대 중반까지도 성가대에서 찬양하며 주일 예배 때마다 즐거운 마음으로 찬양할 수 있어서 참으로 감사했다.

그래서인지 요즘도 아침에 일어나 산책하며 찬양을 듣는 일이 잦다. 가끔은 찬양을 들으며 은혜를 받고 눈물이 글썽일 때도 있고, 찬양의 가사에서 힘과 용기를 얻어 믿음 생활을 더 잘할 수 있기에, 찬양은 내 신앙생활에 있어 항상 중요한 요소 중 하나임을 감사하게 느낀다.

최근 내가 출석하고 있는 교회의 찬양팀 또한 주일 예배 시간에 은혜를 사모하는 마음을 열어 주고, 성령님의 임재하심을 느끼게 해 주는 감동과 감격의 찬양을 들려주어 늘 감사한 마음이다.

손자의 대학 졸업식에 참석하시기 위해 캘리포니아에서 이곳을 잠시 방문하신 김만순 은퇴 안수집사님(만 89세)은 뉴라이프교회(담임 위성교 목사)에 출석하고 계신다. 그런데 지난 주일에는 내가 출석하는 교회를 방문하게 되었다. 원래는 토요일에 캘리포니아로 돌아갈 예정이었으나, 전주에 열린 맥알렌 한인교회 창립 40주년 예배에서 많은 젊은 청년들이 찬양하고, 헌금 시간에 특송하는 모습을 보시고 감동받으셨다. 이에 거의 구순이신 어르신께서도 다음 주 주일 예배에서 특송을 하시겠다고 결심하시고, 맥알렌 한인교회(담임 권영배 목사)에 말씀을 전하신 후 비행기표를 연기하셨다.

그리고 마침내 6월 첫 주 주일 예배 헌금 시간에, 〈You Raise Me Up〉과 〈주가 일하시네〉라는 찬양으로 봉헌 특송을 하셨다. 거의 구순이신 어르신이 부른 이 찬양은 예배에 참석한 여러 성도의 눈시울을 촉촉이 적셨다.

나는 그 순간을 휴대폰으로 촬영하고 있었고, 옆자리에 앉아 있던 아내도 찬양이 끝난 후 눈시울을 붉혔다. 특히 〈주가 일하시네〉라는 찬양은 마치 우리 교회의 최근 상황을 그대로 반영하는 가사처럼 들려 깊은 울림을 주었다. 최근 많은 성도가 교회로 돌아오고, 찬양의 은사가 있는 분들이 찬양팀에 참여하며, 그 찬양을 통해 많은 이들의 심령에 은혜가 흘러가는 모습을 볼 때, 오직 감사할 따름이다.

그야말로 〈주가 일하시네〉는 지금 우리 교회 안에서 실제로 매주 일어나고 있는 일이며, 주일마다 예배드리러 가는 발걸음이 가볍고, 예배 시간이 기다려지는 복된 시간이 되고 있다. 이런 마음을 주신 주님께 감사한 마음이 가득하다. 이 행복이 앞으로도 변함없이 이어지기를 간절히 소망하며 기도하게 된다.

고린도후서 1장 3-4절에는 이렇게 기록되어 있다.

"찬송하리로다 그는 우리 주 예수 그리스도의 하나님이시요, 자비의 아버지시요, 모든 위로의 하나님이시며, 우리의 모든 환난 중에서

감사와 행복으로의 초대

우리를 위로하사, 우리로 하여금 하나님께 받는 위로로써 모든 환난 중에 있는 자들을 능히 위로하게 하시는 이시로다."

예배를 통해 하나님을 찬양함으로 하나님께 영광을 올려드리고, 자비로우신 하나님, 위로의 하나님께서 우리의 모든 환난 중에도 함께하신다는 사실 속에서 새로운 힘을 얻고 일어설 수 있다. 이것이 찬양과 말씀을 통한 예배의 역사이다.

그러한 하나님의 역사가 매주 예배 중 찬양과 말씀을 통해 실제로 일어나고 있음을 고백하게 된다.

앞으로 25년이 지나면, 오늘 찬양을 부르신 어르신과 내가 같은 나이가 된다. 25년은 결코 짧지 않은 시간이지만, 나 또한 구순이 되는 그날까지 이렇게 찬양을 부르며 많은 사람의 마음에 감동을 전할 수 있기를 소망하게 되었다.

오늘은 나에게 또 하나의 새로운 꿈을 심어준, 참으로 행복한 날이다.

성령강림 주일,
성령의 임재를 경험한 예배

　나는 평소 성령강림 주일에 대해 큰 의미를 두지 않고, 그저 평상시처럼 드리는 주일 예배로 생각하곤 했다. 그러나 내가 다니는 교회의 2025년 성령강림 주일 예배는 참으로 특별했다. 성령님의 도우심과 임재하심이 분명히 있었고, 지금도 그날의 예배는 마음 깊이 기억에 남는다.

　먼저 성령강림 주일의 의미를 정리하고, 그날 눈물로 감격의 예배를 드렸던 내용을 함께 나누고자 한다.

　예수님은 십자가에 못 박혀 돌아가시고, 장사한 지 사흘 만에 다시 살아나셨으며, 40일 동안 이 땅에 머무신 후 하늘나라로 승천하셨다. 그 후 제자들이 함께 모여 기도하던 중, 마가의 다락방에 성령이 임하셨다. 이 사건을 통해 교회의 역사가 시작되었고, 이날은 예수님 부활 후 50일째 되는 '오순절'로서 교회의 탄생을 기념하는 날이 되었다. 성도들이 복음을 들고 세상으로 나아가기 시작한 날이기도 하다.

　사도행전 2장 1-4절에 이런 말씀이 있다.

　　　　　　　　　　　　감사와 행복으로의 초대

"오순절 날이 이미 이르매 그들이 다 같이 한곳에 모였더니,

홀연히 하늘로부터 급하고 강한 바람 같은 소리가 있어 그들이 앉은 온 집에 가득하며,

마치 불의 혀처럼 갈라지는 것들이 그들에게 보여 각 사람 위에 하나씩 임하여 있더니,

그들이 다 성령의 충만함을 받고, 성령이 말하게 하심을 따라 다른 언어들로 말하기를 시작하니라."

이날 성령은 바람처럼, 불처럼 다락방에 임하셨다.

예수님이 세상에 계시지 않는 상황에서 두려움에 떨던 자들이 담대히 나아가 복음을 선포하기 시작했고, 서로 다른 언어를 쓰던 이들이 성령 안에서 하나가 되는 기적이 일어났다. 오순절 날 성령의 임하심은 과거의 사건으로 끝난 것이 아니라, 지금, 이 순간에도 교회와 세상을 변화시키는 하나님의 능력으로 계속되고 있다.

오늘은 성령강림 주일로 예배를 드렸다. 목사님은 요한복음 14장 8-15절, 26절 말씀을 본문으로 '성령이 이끄시는 믿음'이라는 제목으로 설교하셨다. 성령의 임재 속에서 우리는 늘 영적으로 깨어 기도하며, 아는 데 그치지 않고 실천하는 믿음을 통해 교회 안에서뿐 아니라 세상 속에서도 올바른 신앙생활을 해야 한다는 귀한 메시지를 전해주셨다. 참으로 은혜로운 말씀이었다.

특히 오늘은 찬양팀을 통해 성령님의 임재를 깊이 체험할 수 있었다. 텍사스 남부에 있는 시골 교회에서 드리는 예배지만, 오늘은 찬양팀의 모든 구성이 완벽히 갖추어진 모습을 볼 수 있었다. 그동안 찬양을 인도하는 사람은 있었으나, 키보드와 기타, 드럼 연주자가 없

어 아쉬움이 컸다. 그런데 2025년 성령강림 주일을 맞이하면서 키보드, 기타, 드럼, 베이스기타, 그리고 찬양을 부르는 남녀 청년들로 이루어진 7명의 찬양대가 새롭게 구성되어, 뜨거운 찬양을 올려드릴 수 있었다.

그동안 찬양팀에 빈자리가 있어 목사님과 여러 성도가 함께 기도해 왔다. 찬양을 부르던 한 청년이 드럼을 배우기 시작해 열심히 연습했고, 오늘 예배에서 처음으로 드럼을 연주하게 되었다. 또한 키보드와 기타의 공백도, 아내는 키보드를, 남편은 기타를 연주하는 부부가 오늘 성령강림 주일을 시작으로 함께하게 되면서, 드디어 7명 찬양팀이 완성되었다. 이 모든 과정이 사람의 힘이 아니라 성령님의 역사였음을 고백하지 않을 수 없다.

찬양이 시작되자 성도들의 눈시울이 젖기 시작했고, 나도 손수건으로 눈물을 닦아야 할 만큼 깊은 감동이 몰려왔다. 평소 찬양 중 눈물을 보이지 않던 아내도, 예배 마지막에 부른 폐회송 〈너희 가는 길에〉를 찬양하면서 눈시울을 붉히며 손수건으로 눈물을 훔쳤다.

2025년 성령강림 주일은 우리에게 다시 한번 심령의 회복을 주신 날로 기억된다. 이날을 계기로 세상의 모든 교회가 새 힘을 얻고, 하나님 보시기에 아름다운 교회, 세상 사람들이 가고 싶어 하는 교회로 자라나기를 소망해 본다.

감사와 행복으로의 초대

감동과 감격 그리고
은혜가 넘친 찬양 콘서트

텍사스 남부의 한 시골 도시에 살고 있는 나에게, 이웃 교회 목사님께서 찬양 콘서트 초청장을 보내주셨다. 내용을 보니 피아노와 기타 연주가 어우러진 찬양 콘서트였다. 누가 콘서트를 여는지 물어보니, 목사님은 "제 딸입니다"라고 소개해 주셨다.

나는 이전에 그 목사님의 딸이 일하다가 최근 간호학을 공부하고 있다는 이야기를 들은 기억이 있어서, 그녀가 콘서트를 연다는 말에 조금 놀랐다. 기꺼이 참석하겠다고 약속했고, 지난 2025년 7월 26일 토요일 저녁 6시 30분, 콘서트가 열리는 장소인 맥알렌 제일장로교회(담임 이근형 목사)로 향했다.

사람은 청소년기에 누구나 꿈을 품는다. 그 꿈을 이루기 위해 공부하거나 기술을 익히며, 무언가에 집중하고 열정을 다해 살아가게 된다. 꿈이 있는 삶과 그렇지 않은 삶의 차이는 매우 크다.

한 소녀가 자신의 꿈을 위해 피아노, 기타, 그리고 노래를 부지런히 연습하며 음악의 길을 걸어왔다. 그녀는 결국 세계적인 명문 버클리 음악대학에 합격했다. 그러나 안타깝게도 전액 장학금을 받을 수 없다는 통보를 받고, 학비를 마련할 수 없어 진학을 포기할 수밖에 없었다. 그녀는 작은 교회를 섬기는 목회자의 딸이었고, 가정의 형편을 잘 알고 있었기에 그 선택은 더욱 아팠을 것이다.

결국 그녀는 거주 지역의 대학에서 음악 전공이 아닌 일반 학과로 공부를 마치고 사회로 나아갔다. 하지만 음악에 대한 열정은 식지 않았다. 그녀는 홀로 피아노와 기타를 연주하며, 찬양을 노래하는 시간을 멈추지 않았다. 그렇게 준비해 온 그녀의 첫 단독 콘서트가 이번 무대였다.

콘서트 순서지에는 그녀의 남동생인 Meek Lee가 누나 자스민을 이렇게 소개하고 있었다.

"자스민의 마음은 언제나 하나님께 진실하고 온전한 예배를 드리는 데 헌신 되어 있었으며, 음악은 그녀의 열정을 실어 나르는 귀한 도구였습니다. 어린 시절부터 피아노를 배우기 시작한 자스민은, 하나님 임재를 구하는 여정 속에서 피아노가 귀중한 동반자가 될 수 있도록 탄탄한 기초를 쌓았습니다. 시간이 흐르면서 그녀는 작곡의 재능과 사람들의 마음을 하나님께로 이끄는 소명을 발견하게 되었습니다.

자스민은 다인종 교회에서 찬양팀 사역을 충실히 감당해 왔습니다. 또한, 《아메리칸 아이돌(American Idol)》, 《엑스 팩터(X-Factor)》, 《그래미 어워드(The Grammy's)》, 《제이 레노의 투나잇 쇼(The Tonight Show with Jay Leno)》 등 주요 무대에서 백업 싱어로 활동하였고, 로스앤젤레스와 남부 캘리포니아의 재즈 바에서도 공연해 왔습니다. 그녀는 프로 아티스트들과 함께 아시아 투어를 다녀왔으며, 수백만 명이 시청한 뮤직비디오에도 출연한 바 있습니다.

감사와 행복으로의 초대

그녀의 음악 여정의 모든 단계마다 예배에 대한 마음은 흔들리지 않는 중심이었습니다. 자스민이 부르는 모든 음표는 하나님께 가까이 나아가자는 초대이며, 그녀의 삶은 하나님의 손길과 영광을 드러내는 아름다운 증거입니다."

사실 나는 큰 기대 없이, 예의상 참석해야겠다는 마음으로 그 자리에 갔었다. 하지만 콘서트가 시작되자마자, 나는 자스민의 간증과 음악을 통해 하나님의 간섭하심과 임재하심을 깊이 체험하게 되었다.

비록 참석 인원은 100명도 채 되지 않았지만, 지역 한인들과 현지 주민들이 함께한 그 자리는 진정성 있는 박수와 찬양, 감동으로 가득했다. 자스민은 콘서트 중 이렇게 고백했다.

"12년 동안 음악 활동을 멈추고 있었지만, 오늘 이 자리는 제 인생 첫 단독 콘서트입니다."

그 순간, 나는 그녀가 마음속 깊이 간직해 온 꿈을 향해 다시 첫 발걸음을 내디뎠음을 느꼈다. 이런 젊은이들을 볼 때마다, 마음 깊은 곳에서부터 진심으로 응원하고 싶은 마음이 솟아오른다.

하나님께서 그녀 마음속에 간직하고 있었던 은사를 드디어 사용하시기 시작하셨다는 생각이 들었다. 나에게 감동과 감격, 그리고 큰 은혜가 되었던 그 찬양 콘서트가, 앞으로 더 많은 곳에서 더 많은 이들에게도 동일한 감동과 은혜의 시간으로 이어지기를 소망한다.

하나님이 연결해 주신 귀한 만남

사람은 누구와 함께하느냐에 따라 삶의 색깔이 달라진다. 어떤 사람과는 함께 있으면 편안하고 마음이 열리지만, 어떤 사람과는 괜히 불편하고 대화가 잘 이어지지 않기도 한다. 그러나 마음의 코드가 잘 맞고, 나누는 대화 속에서 깊이 공감할 수 있는 만남은 언제나 특별하다. 그런 만남은 우리 힘으로 되는 것이 아니라, 하나님께서 허락하시고 연결해 주시는 은혜라는 생각을 하게 된다.

얼마 전 나는 그런 특별한 만남을 경험했다. 한 선교사님을 처음 뵙게 된 자리였는데, 그 시작은 우연 같았으나 돌아보면 하나님의 섭리였다. 그분의 아들이 우리 교회에 출석하게 되었고, 아버지가 선교사라는 이야기를 들었다. 나는 아들에게 "혹시 아버지께 제 연락처를 전해 드리고, 만나고 싶으시면 연락을 주셔도 된다"라고 전했다. 며칠 후 실제로 연락이 왔고, 점심 식사를 함께하며 교제를 나누게 되었다.

식사 자리는 텍사스의 한 스테이크 전문 식당이었다. 나는 담임 목사님도 함께 모시고 세 사람이 식탁을 나누며 이야기를 이어갔다. 선

감사와 행복으로의 초대

교사님은 지난 23년 동안 남미 여러 나라에서 사역하셨고, 지금은 멕시코 레이노사(Reynosa)에서 이주민과 노숙자들을 섬기고 계셨다. 집도 없이 거리에서 생활하는 이들에게 샤워할 수 있는 공간을 마련해 주고, 직접 등을 밀어주며 복음을 전한다는 이야기를 들으며 크게 감동하였다. 그 모습은 말로만 하는 사역이 아니라, 예수님께서 친히 기뻐하실 만한 삶의 현장이었다.

많은 선교사가 여러 단체나 교회의 지원을 받아 더 풍성하게 사역하기를 소망한다. 물론 그것도 귀한 일이다. 그러나 이분은 남에게 손을 내미는 것을 잘 못하신다고 했다. 그래서 큰 재정적 도움은 받지 못하지만, 몸으로 직접 섬기고, 작은 것으로 노숙자와 이주민을 돌보며 말씀을 전하는 길을 묵묵히 걸어가고 있었다. 나는 그 고백 속에서 진실한 선교의 본질을 보았다. 나 또한 누군가에게 재정 지원을 요청하는 은사가 있는 편은 아니기에, 내 수입의 일부를 떼어 자비량으로 선교회를 운영하는 나의 모습과 겹쳐 보였다. 그래서 그분의 삶이 더욱 가깝게 다가왔고, 마음 깊이 공감할 수 있었다.

이야기를 이어가던 중, 선교사님의 자녀들에 관한 이야기도 들을 수 있었다. 네 명의 자녀 가운데 첫째와 둘째는 쌍둥이 자매로, 한국의 일반 대학을 졸업한 후 신학대학원에서 공부를 마치고 현재는 교회에서 말씀 사역을 하고 있다. 흥미로운 것은, 그들이 다닌 신학대학원이 바로 아버지 선교사님이 공부했던 학교였고, 우리 교회 담임목사님도 졸업한 곳이었다는 점이다. 셋째 아들은 한국에서 대학과 군 복무를 마친 뒤 아버지가 사역하는 멕시코 레이노사로 취직하여 아버지와 함께 생활하고 있으며, 막내딸은 한국의 기독교 명문 H 대학교에서 공부 중이라고 했다.

부모의 헌신적인 선교 사역을 지켜보며 자라난 자녀들이 스스로 신학의 길을 선택해 말씀 사역을 이어간다는 사실이 참으로 놀랍고도 감동적이었다. 요즘은 자녀들이 부모의 길을 따라가는 경우가 많지 않다. 그러나 선교 현장에서 흙먼지를 마시며 고난을 감수하는 부모의 삶을 보면서도, 오히려 그 길을 자발적으로 선택했다는 것은 하나님께서 특별히 허락하신 은혜라고 생각한다.

나는 이 만남이 단순한 우연이 아니라고 믿는다. 하나님께서는 선교와 선교 지원이라는 공통된 관심을 가진 우리를 연결해 주셨다. 앞으로 어떤 길로 이어질지, 구체적으로 어떤 협력의 기회가 열릴지 아직은 알 수 없다. 그러나 하나님의 계획과 섭리는 반드시 있을 것이라 믿기에 마음이 기대와 감사로 가득하다.

짧은 한 끼 식사였지만, 그 자리에서 나눈 이야기는 나의 마음을 깊이 울렸다. 선교의 본질이 무엇인지, 진정한 헌신이 무엇인지 다시금 돌아보게 되었다. 오늘도 하나님께서 인도하신 만남을 통해 기쁘고 감사한 하루를 살 수 있었음에 진심으로 감사드린다. 하나님께서 예비하신 만남이 어떻게 열매 맺을지 소망하며, 작은 교제의 시간이 하나님의 큰 역사로 이어지기를 기도한다.

운동이 준 작은 깨달음,
피클볼 이야기

사람은 나이가 들수록 체력과 기력이 예전 같지 않아 점점 쇠약해지는 것이 자연스러운 현상이다. 그러나 요즘은 100세 시대라 불릴 만큼, 건강을 잘 관리하고 꾸준히 운동하는 이들이 많아졌다. 의학이 발달하면서 70대에도 경로당에 가면 청년 같은 막내 취급을 받을 정도로 활기차게 살아가는 시대다.

이런 흐름 속에서 시니어들이 즐길 수 있는 다양한 운동이 인기를 끌고 있다. 특히 부부가 함께 땀 흘리며 건강을 지킬 수 있는 운동은 더 매력적이다. 나에게는 미국에서 시작해 전 세계로 퍼져 나가고 있는 피클볼(Pickleball)이 그런 운동 가운데 하나였다. 단순히 건강을 지켜 주는 운동을 넘어, 생활 속에서 작은 깨달음을 주는 특별한 경험이 되었다.

피클볼은 소박하게 시작해 세계적인 스포츠로 발전했다. 그 기원은 USA Pickleball 공식 웹사이트(History of the Game)의 자료에 잘 정리되어 있다.

미국에서 최근 몇 년 사이 빠르게 성장한 스포츠 중 하나가 바로 피클볼이다. 테니스, 배드민턴, 탁구의 장점을 고루 담아낸 이 경기는 남녀노소 누구나 쉽게 즐길 수 있어 큰 인기를 끌고 있다. 하지만 그 출발은 아주 단순하고 소박했다.

1965년 여름, 워싱턴주 시애틀 근처 배인브리지 아일랜드(Bain-bridge Island)에서 세 명의 아버지가 가족들과 함께 즐길 새로운 놀이를 찾고 있었다. 그들은 배드민턴 코트를 이용하고, 탁구 라켓을 크게 변형한 패들과 구멍이 뚫린 플라스틱 공(위플볼)을 가져다 놓아 시범 경기를 시작했다. 창시자는 조엘 프리처드(Joel Pritchard, 당시 하원의원), 그의 친구 빌 벨(Bill Bell), 그리고 이웃 바니 맥캘럼(Barney McCal-lum)이었다. 가족과 이웃을 위한 단순한 놀이가 점차 확산하며 하나의 새로운 스포츠가 탄생한 것이다.

오늘날 피클볼은 단순한 규칙과 작은 코트, 그리고 빠른 몰입감 덕분에 미국 전역으로, 또 전 세계로 퍼져 나갔다. 이제는 '가장 빠르게 성장하는 스포츠'라는 별칭과 함께 각종 대회와 리그가 활발히 열리고 있다. 특히 은퇴 세대와 젊은 세대가 함께 즐기며 세대를 잇는 스포츠로 주목받고 있다.

무엇보다 시니어 부부가 함께 즐기며 땀을 흘리고, 운동의 기쁨을 나눌 수 있는 종목으로 자리매김했다. 나 역시 아내와 함께하는 운동으로 피클볼을 선택하게 되었다.

내가 피클볼을 처음 알게 된 것은 약 3년 전, 딸 집에 놀러 갔을 때였다. 딸 가족이 아이들과 함께 피클볼을 즐기고 있는 모습을 보게 되었고, 그 이후 집으로 돌아오자마자 아내가 라켓과 공을 구입해 함께 시작하게 되었다.

우리 부부는 매주 일요일 저녁 식사 후 테니스 코트에 가서 한 시간 정도 피클볼을 치는 것을 습관으로 삼았다. 때로는 보슬비가 오는 날에도 우산을 들고 코트에 설 정도로 피클볼 애호가가 되었다. 그 이유는 단순하다. 부부가 함께 땀 흘리며 운동하는 즐거움, 그리고 운동 후 샤워로 땀을 씻어낼 때 느끼는 상쾌함 때문이다. 이것이 우리 부부를 매주 피클볼로 이끌었다.

우리가 운동하는 코트는 시에서 개발한 공용 테니스장으로, 무려 16개의 코트가 있다. 일요일 저녁 7시 30분쯤 가면 빈자리를 찾기 어려울 정도로 많은 사람들이 몰린다. 어제도 빈자리가 없어 약 20분 동안 테니스장 둘레를 두 바퀴 걸은 후에야 자리가 나서 운동을 할 수 있었다.

코트 자리를 잡는 것도 작은 작전이 필요하다. 먼저 차지한 사람이 우선권을 갖기 때문에 아내와 나는 늘 반대 방향으로 흩어져 코트를 찾는다. 누가 먼저 빈 코트를 발견하면 서로 그곳으로 달려가 함께 운동을 시작하는 것이다.

그날도 같은 방식으로 코트를 찾으러 빠른 걸음으로 움직였는데, 내 반바지가 자꾸 흘러내리는 바람에 불편을 겪었다. 한 손으로 바지를 붙잡고 바쁘게 걷다 보니 결국 빈 코트를 찾지 못했다. 차로 돌아와 확인해 보니, 허리끈이 풀려 있었다. 끈을 단단히 묶고 다시 걸으니 그제야 불편함 없이 평안하게 움직일 수 있었다.

이 경험을 통해 깨달은 것이 있다. 우리의 삶 속에서 무언가 이상한 징조가 보일 때는 잠시 멈추어 원인을 점검하는 습관이 필요하다는 것이다. 점검하지 않고 바쁘게만 살다 보면 더 큰 것을 놓칠 수 있다는 사실을 깊이 생각하게 되었다.

성경은 이렇게 말씀한다.

"또 비유를 들어 이르시되 천국은 마치 사람이 자기 밭에 갖다 심은 겨자씨 한 알 같으니 이는 모든 씨보다 작은 것이로되 자란 후에는 풀보다 커서 나무가 되매 공중의 새들이 와서 그 가지에 깃들이느니라." (마태복음 13:31-32)

피클볼의 역사는 작은 아이디어와 소박한 시작이 어떻게 세대를 이어 주고 세계로 확산할 수 있는지를 잘 보여 준다. 이는 곧 겨자씨의 비유와 같다. 우리의 삶 속에서도 하나님께서 주시는 작은 기회와 은혜의 순간을 소중히 붙잡을 때, 그것이 가정과 교회, 그리고 사회를 변화시키는 큰 열매로 이어질 수 있다. 나는 피클볼을 창시한 이들에게 참으로 감사한 마음이 든다. 그리고 이 글을 쓰며 나 또한 누군가에게 피클볼을 소개하고, 감사와 행복한 삶으로 초대하고 싶은 마음이 생겼다.

손주 자랑 바보 할아버지

나의 둘째 딸에게는 두 아들이 있다. 큰아들은 네 살, 둘째 아들은 두 살이다. 어린 손주들은 딸과 사위 덕분에 거의 매일 영상통화로 얼굴을 보여 주어, 우리 부부와 아주 친밀하게 지낼 수 있다. 손주들은 할머니와 할아버지를 무척 좋아하고, 우리 부부 역시 손주들을 마음 다해 사랑한다. 영상으로 얼굴을 보는 시간이지만, 손주들이 해맑게 웃는 모습은 하루의 피로를 모두 잊게 한다.

손주들은 특히 아빠와 함께 낚시하는 시간을 좋아한다. 신기한 것은 물고기들의 이름을 또래보다 훨씬 잘 기억하고 있다는 점이다. 그림책이나 동화책 속에서 물고기를 보여 주면, 손주가 엄마 아빠보다 더 정확하게 이름을 말한다. 아직 글자를 읽지 못하는 나이지만, 눈으로 본 것을 금세 기억하고 입으로 말하는 것을 보면 어린아이의 호기심과 집중력이 얼마나 놀라운지 새삼 느낀다.

그런데 최근에 손주에게 작은 사건이 있었다. 함께 놀던 두 친구가 있었는데, 두 가정 모두 아빠의 직장 이동으로 다른 도시로 이사를 가게 된 것이다. 네 살짜리 손주에게는 친구와의 이별이 큰 충격이었다. 손주는 엄마에게 "우리도 이사 가야 하는 거야?"라고 물었다. 딸은 "아니야, 우리는 이사 안 가."라고 대답했지만, 손주는 잠시 고민하다가 이렇게 말했다. "만약 나중에 우리가 이사 가게 되면, 쓰레기통은 꼭 가져가야 해."

손주가 말하는 '쓰레기통'은 둘째 딸이 살고 있는 시에서 가정마다 사용하는 대형 플라스틱 쓰레기통을 말한다. 매주 두 번씩 쓰레기차가 와서 가정의 생활 쓰레기를 수거해 가는데, 모든 집에는 똑같이 생긴 큰 쓰레기통이 비치되어 있다. 손주는 그 쓰레기통을 이사할 때 반드시 챙겨야 한다고 신신당부한 것이다.

엄마가 신기해서 "왜 쓰레기통을 꼭 가져가야 하니?"라고 묻자, 손주는 또박또박 대답했다. "우리가 쓰레기통을 안 가져가면, 사람들이 쓰레기를 물속에 버릴지도 몰라. 그러면 물고기들이 아프잖아. 그래서 쓰레기는 꼭 쓰레기통에 버려야 해."

나는 이 이야기를 듣고 가슴이 뭉클해졌다. 겨우 네 살밖에 안 된 아이가 자연을 보호하고 환경을 지켜야 한다는 사실을 스스로 생각해 내고, 물속의 물고기들이 다칠까 걱정하는 것이다. 우리 어른들이 무심코 지나치는 환경 문제를 어린 손자가 자기 언어로 설명하고 있는 모습을 보며, 나는 깊이 감동하였다.

사람들은 나이가 들면 손주 자랑을 많이 하게 되어 '손주 자랑 바보'가 된다고 흔히 말한다. 그래서 손주 자랑을 하려면 밥을 사야 한다는 농담도 한다. 그러나 이번만큼은 그 말이 딱 맞다. 나는 손주가 보여 준 순수한 자연 사랑, 물고기를 걱정하는 따뜻한 마음을 자랑하지 않고는 견딜 수가 없었다. 오히려 우리 어른들이 그런 순수한 마음을 배워야 하지 않을까 생각한다.

요즘 세상은 편리함과 효율을 이유로 수많은 쓰레기를 쏟아내고 있다. 야외에서 사용한 플라스틱 물병이 무심코 바다에 던져지면, 큰 물고기가 그것을 삼켜 생명을 잃기도 한다. 각종 비닐봉지가 강과 바다에 버려져 물속 생태계를 위협한다. 우리는 뉴스나 다큐멘터리에서 그런 장면을 종종 보면서도 쉽게 잊고 만다. 그러나 네 살 어린아이의 눈에는 그것이 단순한 환경 문제가 아니라, 함께 살아가는 물고기 친구들이 아프고 죽을 수도 있는 절실한 문제로 다가온 것이다.

나는 그 모습을 보며 하나님께서 우리에게 주신 자연을 어떻게 다루고 있는지 돌아보게 되었다. 창세기 2장 15절에서 하나님은 사람을 에덴동산에 두시고 그것을 "경작하며 지키게" 하셨다. 즉, 자연은 정복의 대상이 아니라 돌보고 보존해야 할 창조 세계라는 것이다. 그런데 우리는 때로 탐욕과 무관심으로 이 귀한 세상을 훼손하고 있지는 않은가.

손주의 말 한마디는 단순한 어린아이의 귀여운 발언이 아니라, 우리 모두에게 던져진 하나님의 메시지 같았다. 네 살 아이가 물고기의 아픔을 생각하며 쓰레기를 꼭 쓰레기통에 버려야 한다고 말할 때, 나는 마음 깊이 부끄러워졌다. 손주가 보여 준 순수한 눈으로 세상을 바라볼 때, 우리가 지켜야 할 것이 무엇인지 분명히 보인다.

나는 오늘도 손주 자랑을 하며 웃는다. 그러나 그 웃음은 단순한 흐뭇함만이 아니다. 오히려 손주를 통해 하나님께서 일깨워 주시는 귀한 교훈 때문이다. 앞으로도 손주가 건강하게 자라나, 자연과 생명을 사랑하는 마음을 간직하고 세상에 선한 영향력을 끼치는 사람이 되기를 기도한다. 그리고 나 역시 손주를 본받아, 작은 것 하나라도 환

경을 지키고 하나님의 창조 세계를 돌보는 일에 힘쓰는 할아버지가
되기를 소망한다.

감사와 행복으로의 초대

땀과 잠, 인생 최고의 보약

　아내는 산에 오르는 것을 좋아했고, 산에만 가면 산양처럼 풀쩍풀쩍 뛰어다닐 정도로 즐거워하는 사람이었다. 그러나 우리가 25년 전 한국에서 미국 텍사스 남부로 이주해 살면서, 산이 없는 이 지역에서 살다 보니 산을 오를 기회가 거의 없다. 산을 가려면 차로 최소 다섯 시간을 달려야 하기에, 1년에 몇 번 정도 자녀들 집을 방문할 때나 그 근처 산을 오르는 것이 전부이다.

　아내가 산을 좋아하다 보니 나도 산에 오르는 것을 좋아하지만, 주위에 산이 없으니 자주 갈 수 없다. 그래서 가끔 이곳에 인공산이라도 하나 있으면 얼마나 좋을까 상상해 보기도 했다.

　게다가 이곳 여름은 섭씨 38도(화씨 100도)에 이르는 무더위라 낮에 야외 운동은 거의 불가능하다. 그래서 부부가 함께 꾸준히 할 수 있는 다른 운동 방법을 찾게 되었다. 그중 하나가 실내에서 할 수 있는 운동이었다. 우리는 일 년 내내 언제든지 이용할 수 있는 짐(Gym) 회원이 되어, 매주 네 번씩 저녁 식사 후 음악을 들으며 걷거나 근력 운동을 한다. 매번 운동을 마치고 나면 "정말 잘했다"라는 생각이 든다.

또 하나의 방법은 저녁 식사 후 해가 진 뒤, 마을과 이웃 마을을 함께 걷는 것이다. 매주 한 번씩 이웃들이 가꿔 놓은 정원의 풍경을 감상하며 이런저런 이야기를 나누다 보면, 걷는 시간 자체가 우리 부부에게 특별한 즐거움이 된다. 나는 새벽형 인간이라 아침 일찍 일어나 찬양을 들으며 마을을 걷는 습관이 있다. 일주일에 여러 번 그렇게 걷다 보면 하루를 은혜롭게 시작할 수 있어 감사하다. 특히 토요일 새벽에는 교회에서 새벽기도를 드린 후 곧바로 운동하러 가는 것이 내 일상의 순서가 되었다.

그리고 매주 한 번은 부부가 함께 피클볼(Pickleball)을 하며 땀을 흘린다. 피클볼은 테니스보다 덜 뛰면서도 충분한 운동 효과가 있어 시니어에게 적합하다. 탁구와 달리 야외에서 시원한 바람을 맞으며 즐길 수 있어 더욱 좋다. 또한 배드민턴처럼 라켓으로 마음껏 공을 치며 스트레스를 날려버릴 수 있어 참으로 시원하다. 피클볼은 테니스·탁구·배드민턴의 장점을 고루 모아 만든 새로운 스포츠라 인기가 많다. 우리 부부도 매주 필수적으로 즐기는 운동으로 자리 잡았다.

무엇보다 부부가 함께 운동하면 여러모로 유익하다. 함께하니 즐겁고, 혼자라면 게을러서 빠질 수도 있는 운동을 반드시 하게 된다. 꾸준한 운동은 최고의 보약이라는 생각을 하게 된다.

사람마다 자신에게 맞는 운동이 있을 것이다. 어떤 이는 "숨 쉬는 것이 운동"이라고 농담처럼 말하기도 한다. 물론 숨쉬기는 누구나 해야 하는 일이지만, 땀 흘리며 할 수 있는 운동은 우리 몸을 살리는 더 큰 보약이 된다. 각자 여건에 맞는 운동을 찾아 꾸준히 실천하는 것이야말로 건강하고 활기찬 인생의 지름길이다. 운동 후 흘린 땀은 몸에 좋은 보약 한 첩, 숙면은 또 다른 보약 한 첩이다. 그래서 운동은 곧 보약을 하루에 두 번 먹는 것과 같다. 지금이야말로 시작하기에 가장 좋은 때다.

운동을 통해 몸을 관리하는 것은 단순히 건강을 지키는 차원을 넘어, 하나님께서 우리에게 맡기신 성령의 전인 몸을 잘 돌보는 일이기도 하다. "너희 몸은 너희가 하나님께 받은 바 성령의 전인 줄 알지 못하느냐(고린도전서 6:19)"라는 말씀처럼, 우리의 몸을 귀히 여기는 것은 곧 하나님을 존귀하게 하는 길이다. 매일 부부가 함께 땀 흘리며 운동하는 시간은 단순한 건강 습관을 넘어, 하나님께 감사와 기쁨을 올려드리는 예배와도 같은 삶의 자리임을 깨닫게 된다.

하나님은 당신을 사랑하십니다

누군가와 점심 약속을 하게 되면 그날이 유난히 기다려질 때가 있다. 나에게도 바로 그런 기다림의 날이 다가왔다. 일주일 전에 선교사님 두 분, 그리고 담임목사님 세 분과 함께 점심 약속을 하게 되었다. 그리고 일주일 동안 나는 그 약속의 시간이 오기를 손꼽아 기다리며 마음속으로 기대감을 키워갔다.

선교사님 한 분은 40년 이상 남미와 멕시코 지역에서 선교 사역을 감당하시다가 은퇴 후 이곳에서 혼자 지내고 계신 분이었다. 또 다른 한 분은 20년 이상 남미와 멕시코에서 사역하시다가 1년 전부터 미국 국경 지역인 멕시코 레이노사(Reynosa)에서 선교 활동을 하고 계신 분이었다. 이 두 분의 선교 이야기를 직접 듣고 대화를 나눌 생각에 마음이 설렜다.

특히 두 분의 선교사님과 내가 출석 중인 교회의 담임목사님 세 분이 모두 한국의 같은 신학대학원 출신이라는 사실을 알고, 서로를 소개하고 교제할 수 있도록 자리를 마련하게 되었다.

나는 평소 선교 지원 활동을 하기는 하지만, 직접 선교지에 파견되

감사와 행복으로의 초대

어 장기적으로 사역한 경험은 많지 않다. 가끔 단기선교로 다녀온 정도이며, 주로 후방에서 기도와 물질로 선교를 돕는 일을 해왔다. 그렇기에 선교지 한복판에서 몸과 마음을 다해 복음을 전하는 분들을 볼 때마다 늘 존경심과 감사의 마음이 든다. 내가 하지 못하는 일을 대신해 주시는 분들이기 때문이다.

이번에 만난 레이노사 선교사님은 원래 남미에서 사업을 하시다가 하나님의 부르심을 받고 늦은 나이에 신학을 공부하신 후 목사 안수를 받으시고, 선교사로 헌신하신 분이다. 벌써 23년째 남미와 멕시코에서 복음을 전하며 사역하고 있다.

그분은 현재 미국 국경 도시 레이노사에서 남미에서 이주해 온 난민 가족들을 섬기고 있다. 그들은 집도 없이 가난하게 생활하고 있지만, 선교사님은 그들에게 복음을 전하고, 필요한 물품을 공급하며 주님의 사랑을 전하고 있다.

선교사님은 자신을 소개하며 이렇게 말씀하셨다.

"저는 아무것도 가진 것이 없고, 능력도 권력도 없는 가난한 사람입니다. 그러나 하나님께서 필요로 하는 곳에 언제나 누군가를 통해 도움을 보내주시고, 그것을 통해 필요한 것을 나누게 하십니다. 그래서 저는 날마다 하나님의 간섭하심과 임재하심에 감사하며 살고 있습니다."

특히 인상 깊었던 이야기가 있었다. 처음 그곳에 갔을 때, 마피아 두목이 찾아와 "너 뭐 하는 사람이야?"라며 내쫓으려 했다고 한다. 그때 선교사님은 두려워하지 않고 이렇게 말했다고 한다.

"하나님은 당신을 사랑하십니다. 그리고 나도 당신을 사랑합니다."

그러자 놀랍게도 그 마피아 두목은 아무 말 없이 슬그머니 자리를 떠났다고 한다. 그 이후로는 마피아 조직원들조차 그의 선교 사역에 전혀 방해하지 않았다고 한다. 선교사님은 "그것은 전적으로 하나님께서 하신 일입니다."라며 감사의 고백을 전했다.

이야기를 들으면서 나는 문득 그 난민촌의 가족들에게 따뜻한 담요나 겨울옷이 꼭 필요하겠다는 생각이 들었다. 그래서 선교사님께 여쭈어보았더니, 겨울에는 그런 물품이 큰 도움이 된다고 하셨다. 마침, 함께한 목사님과도 뜻이 맞아, 추운 겨울이 오기 전에 선교사님의 사역을 돕기 위한 준비를 하자는 이야기를 나눌 수 있었다.

비록 나는 멀리 선교지에 나가 직접 복음을 전하지는 못하지만, 그 현장에서 헌신하시는 분들을 만나 이야기를 듣는 것만으로도 큰 은혜와 감동을 받았다. 후방에서 기도하고 지원하는 사람으로서 간접적으로나마 선교의 마음을 깊이 느낄 수 있는 귀한 시간이었다. 오늘의 점심 만남은 참으로 복되고 유익한 시간이었으며, 이런 만남을 허락하신 하나님께 진심으로 감사드린다.

"하나님은 당신을 사랑하십니다"라고 선교사님이 마피아 두목에게 말했을 때 그의 마음이 누그러지고 선교 활동이 원활해진 것처럼, 우리 역시 삶 속에서 하나님의 사랑을 전하는 자가 되기를 소망해 본다. 하나님의 사랑은 끝이 없다. 과거에도, 오늘도, 그리고 미래에도 하나님은 변함없이 우리를 사랑하신다.

하나님은 당신을 사랑하십니다.

감사와 행복으로의 초대

눈물은 인생이다

영혼의 언어, 은혜의 선물

살아가면서 단 한 번도 눈물을 흘려보지 않은 사람은 없을 것이다. 눈물은 단순히 눈에서 흘러내리는 물방울이 아니라, 삶의 깊은 의미와 감정을 담고 있는 언어다. 어린 갓난아기가 엄마 뱃속을 떠나 세상에 나올 때 처음 터뜨리는 울음은, 어쩌면 인생의 첫 번째 눈물일 것이다. 그렇기에 모든 사람은 태어나면서부터 이미 최소한 한 번 이상은 눈물을 경험했다고 볼 수 있다.

나 자신도 지나온 인생을 돌아보며 "언제 가장 많은 눈물을 흘렸을까?"를 묻게 된다. 그리고 어떤 순간에 눈물이 나왔는지를 하나하나 되새기다 보면, 그 눈물이 내 삶의 중요한 전환점이었음을 깨닫게 된다.

내가 인생에서 가장 많은 눈물을 흘렸던 기억은 중학교 3학년 겨울방학 때였다. 시골 교회에서 열린 심령 대 부흥회, 금요일 새벽기도 시간이었다. 그날 나는 설명할 수 없는 성령님의 임재를 강하게 체험했다. 가슴이 뜨겁게 벅차오르고, 눈물과 콧물이 쏟아지듯 터져 나왔다. 그 순간 처음으로 진정한 예수님을 만났고, 내 마음 깊은 곳에서 모든 죄를 고백하며 용서받는 은혜를 경험했다. 그리고 예수님을 나의 구주로 영접함으로써 하나님의 자녀가 되는 구원의 확신을 가지게 된 것이다. 그날의 눈물은 단순한 감정이 아니라, 거듭남의 증거이자 인생의 새로운 출발점이었다.

그 이후 나는 예수님의 십자가를 묵상할 때마다, 또 나를 위해 흘리신 주님의 눈물을 떠올릴 때마다 자연스럽게 눈물이 흘러나왔다. 또한 어머니께서 자녀들을 위해 보여 주신 한없는 사랑과 헌신을 생각할 때마다 늘 감사의 눈물이 눈가에 고이곤 했다.

최근에는 주일 예배 시간에 찬양을 힘차게 부를 때 눈물이 솟구치는 경험을 자주 한다. 가사 속에 담긴 은혜의 메시지가 내 영혼 깊은 곳을 울리면, 손수건으로 눈가를 닦으며 감동과 감격 속에 예배드리곤 한다. 이 눈물은 단순한 감정의 표현이 아니라 하나님 앞에서 드려지는 진실한 예배의 고백이다.

돌아보면 내 인생에서 흘린 눈물의 이유는 몇 가지로 정리할 수 있다. 그러나 실제로는 눈물의 종류가 훨씬 다양하다. 슬픔과 기쁨, 억울함과 감사, 그리움과 감격… 삶 속에서 만나는 수많은 감정이 눈물이 되어 흘러내린다. 눈물은 곧 희로애락을 담아내는 인간만의 언어라고 할 수 있다.

이와 관련해 '감사 나눔공동체' 카페에 올라온, 눈물에 관한 한 편의 시가 떠오른다. 40대 중반의 김현애 씨가 쓴 시다.

감사와 행복으로의 초대

눈물이 난다는 것은…

김현애

눈물이 난다는 것은
생명이다.
낯설음과 탄생이다.

눈물이 난다는 것은
기쁨이다.

눈물이 난다는 것은
감동이고 감격이다.

눈물이 난다는 것은
배고픔이고 가난이다.

눈물이 난다는 것은
슬픔이다.

눈물이 난다는 것은
분노와 억울함이다.

눈물이 난다는 것은

그리움이고 외로움이다.

눈물이 난다는 것은
만국의 공통어이고 소통할 수 있는 보여지는 언어다.

눈물은 인생이다.

이 시를 읽으면서 나는 많은 생각에 잠겼다. "눈물은 인생이다"라는 말은 내 마음을 깊이 울렸다. 참으로 다양한 눈물을 흘려보지 않고서는 이런 귀한 고백이 나올 수 없을 것이다.

나는 이 시를 통해 눈물의 주인공을 위해 기도하게 되었고, 또 간절한 바람을 품게 되었다. 이 시의 주인공이 이제는 슬픔과 억울함의 눈물보다, 기쁨과 감격, 감사의 눈물을 더 많이 흘리며 살아가기를 소망하게 된 것이다.

눈물이 나온다면 억지로 참기보다는 마음껏 흘려보내는 것이 좋다. 심리학자들은 눈물이 억눌린 감정을 풀어내어 건강에 큰 도움이 된다고 말한다. 성경 또한 눈물을 귀하게 말씀한다.

"눈물을 흘리며 씨를 뿌리는 자는 기쁨으로 거두리로다."

(시편 126:5)

눈물은 영혼이 흘리는 또 다른 기도다. 오늘 우리의 인생이 슬픔과 억울함의 눈물에 머무르지 않고, 감사와 감격의 눈물로 채워지기를 소망한다. 우리가 흘린 눈물이 결국 믿음의 열매로 맺혀 기쁨이 되기

를, 그래서 우리의 눈물이 하나님께 드려지는 찬양이 되기를 간절히
기도한다.

2장

감사와 행복한 삶

감사와 행복 칼럼

감사와 행복으로 초대

몇 년 전, 아내가 읽던 책 한 권을 우연히 집어 들었다. 그 책은 '감사'에 관한 책이었다. 단숨에 읽어 내려가며 깊은 감동을 받았고, 곧바로 저자에게 메시지를 보냈다.

'감동적으로 잘 읽었습니다.'

뜻밖에도 저자는 빠르게 답장을 주었고, 화상 통화를 하자는 제안을 했다. 그렇게 시작된 인연은 내 삶에 커다란 변화를 불러왔다. 나는 감사 나눔공동체의 회원이 되었고, 감사라는 주제를 삶의 중심에 두기 시작했다.

그 후로 수십 권의 감사 관련 책을 꾸준히 읽었다. 최근에는 '감사와 행복한 삶'이라는 과정을 온라인으로 수료했다. 한국과 미국의 시차 때문에 새벽 6시에 일어나야 했지만, 매주 그 시간을 기다리며 즐겁게 참여했다. 강의를 통해 배우고, 다른 이들과 함께 감사 일기를 나누며 삶이 조금씩 변해가는 것을 체험했다. 불평할 상황에서도 "감

사할 것이 없을까?"라는 질문이 먼저 떠오르게 되었고, 그 작은 훈련
이 내 마음과 태도를 바꾸어 갔다.

많은 책을 읽고 얻은 깨달음을 혼자만 간직하기에는 아쉬움이 컸
다. 마침, 이웃 교회 목사님과 식사하던 중, 읽은 내용을 언론사에 기
고해 보는 것이 어떻겠냐는 제안을 받았다. 그 말을 계기로 책의 내
용을 요약해 독서 리뷰를 작성했고, 미국 텍사스의 한 주간지에 1년
간 연재하게 되었다. 이후에는 내 삶을 직접 글로 풀어내기 시작했으
며, 기독교 언론사에 보낸 글들이 여러 신문에 칼럼으로 게재되었다.
글쓰기는 단순한 기록을 넘어 내 삶을 다시 돌아보게 하는 여정이 되
었고, 글이 곧 삶이 되고 삶이 다시 글이 되는 흐름 속에서 나는 오늘
도 글을 쓰는 즐거움 속에 살아가고 있다.

행복은 누구나 원하는 것이다. 그러나 행복은 어디서 오는 것일까?
많은 이들이 돈을 원하고, 돈이 많으면 행복할 것으로 생각한다. 하
지만 현실은 다르다. 큰 부자가 되었음에도 불행을 이기지 못해 생을
포기하는 경우가 있다. 복권 당첨으로 한순간에 큰돈을 얻었지만, 삶
을 다스리지 못해 무너지는 이들도 많다. 돈이 많다고 해서 행복이
보장되지는 않는다.

권력은 어떨까? 권력의 자리에 오르면 많은 사람이 부러워하지만,
권력은 오래가지 않는다. 권력을 내려놓는 순간 불행에 빠지는 경우
도 적지 않다. 지식과 명예도 마찬가지다. 아무리 지식이 많고 명예
가 높아도 그것이 반드시 행복으로 이어지지는 않는다.

반대로 돈도 권력도 명예도 없어도 행복하게 사는 사람들을 우리는
많이 본다. 가난한 나라에서 소박하게 살면서도 웃음을 잃지 않고,
이웃과 함께 나누며 감사하는 사람들. 그들의 삶은 행복이 외부 조건

이 아니라 마음가짐에 달려 있음을 보여 준다.

행복의 비밀은 감사다. 감사는 단순히 기분 좋은 말이 아니라 삶의 태도다. 작은 것에도 감사하면 불평 대신 기쁨이 생기고, 어려움 속에서도 희망을 발견할 수 있다. 감사는 현실을, 있는 그대로 받아들이게 하고, 그 안에서 의미와 가치를 찾게 한다. 감사가 없는 삶은 늘 부족하고 불만족스럽지만, 감사가 있는 삶은 가진 것이 적어도 풍성하다.

성경은 이렇게 말씀한다.

"범사에 감사하라 이것이 그리스도 예수 안에서 너희를 향하신 하나님의 뜻이니라." (데살로니가전서 5:18)

이 말씀처럼 감사는 단순한 감정이 아니라 하나님의 뜻이며, 우리를 행복으로 초대하는 길이다. 오늘도 숨 쉴 수 있음에 감사하고, 가족이 곁에 있음에 감사하며, 글을 쓸 수 있는 오늘에 감사한다. 감사는 우리의 삶을 바꾸고, 행복으로 이끄는 초대장이 된다.

오늘날 세상은 불평과 불만이 가득하다. 그러나 감사는 다른 길을 제시한다. 감사는 우리를 행복으로 초대한다. 그 길을 따라 걸어가면 행복은 멀리 있는 것이 아니라 이미 내 곁에 있다는 것을 깨닫게 된다. 그래서 나는 오늘도 감사로, 행복으로 초대된 삶을 살아가고 있다. 그리고 나의 주변 사람들에게 감사와 행복을 전파하는 자로 살아가기를 소망한다.

감사와 행복으로의 초대

누군가에게 편안한 마음을 주는 사람

　나는 약 2년 전부터 한국의 감사 나눔공동체에 가입하여 감사 일기를 나누고, 다른 회원님들의 감사 일기에 댓글도 달며, '우리들의 이야기'란에 나의 이야기들을 함께 공유하며 즐겁게 활동할 수 있음에 감사하다.

　벌써 2년이 되었지만, '감사와 행복한 삶' 과정을 아직 수강하지 못했다. 가을부터 봄까지는 내가 살고 있는 미국 텍사스와 한국 간의 시차 때문에 새벽 5시에 일어나는 것이 부담되어 참여하지 못했다. 그런데 이번에는 5월 마지막 주부터 시작된 10주 과정이 아침 6시에 시작되어 참여할 수 있게 되어 기쁘고 감사한 마음으로 함께하게 되었다.

　지금까지 2주 과정을 마쳤다. 첫 주와 둘째 주 수업을 들으며 나는 많은 관심을 두게 되었다. 특히 둘째 주에는 '소통'에 관한 내용을 다루었는데, 그중에서도 상대방이 이야기하는 내용을 반영하며 대화하는 실습이 인상 깊었다. 나는 그동안 가족이나 교회 공동체 내에서 대화할 때, 내 방식대로만 말하고 상대의 이야기를 온전히 듣지 못했던 것 같아 깊이 반성하게 되었다. 앞으로는 누구와 대화하든, 이 대화법을 잘 기억하고 실천하면서 진심 어린 소통을 하고 싶다고 다짐하게 되었다.

또한 나는, 지금까지 내가 생각했을 때 옳지 않다고 느껴지면 상대방의 의견을 쉽게 지적하며 살아오지 않았나 하는 생각이 들었다. 이제는 상대방이 틀렸다고 느껴질 때라도, 그 의견을 존중하고 열린 마음으로 수용하며 좋은 관계를 이어갈 수 있도록 노력해야겠다고 생각하게 되었고, 그런 깨달음을 얻게 되어 감사한 마음이다.

아직 8주 과정이 더 남아 있으니, 이 과정을 통해 더욱 나 자신을 되돌아보고, 누군가에게 편안한 마음을 줄 수 있는 사람으로 변화되는 소중한 기회가 되기를 바란다.

이렇게 좋은 학습 기회에 온라인 줌으로 참여할 수 있음에 먼저 하나님께 감사드린다. 또한 이 과정을 정성껏 준비해 주시고 교육해 주시는 감사 나눔공동체 대표님께도 깊이 감사드린다. 더불어, 함께 참여한 회원님들과 즐겁게 대화 나누며 함께 공부할 수 있는 시간이 행복 그 자체임을 느끼며, 마음 깊이 감사함을 전한다.

감사와 행복으로의 초대

나는 나를 공감하는가?

나는 어릴 때부터 공부하는 것을 좋아했다. 초등학교 3학년까지는 공부에 별 흥미가 없었지만, 4학년 때 담임 선생님의 동기 부여로 공부에 흥미를 느끼며 열심히 공부하는 편에 속했다. 그래서 초등학교, 중학교 때는 항상 상위 5% 안에 들 정도로 공부를 잘했다.

그러던 나는 고등학교를 인문계로 가지 않고, 농촌 가정 형편을 고려해 공업고등학교에 진학하여 일찍 일을 할 생각이었다. 하지만 공부하는 것을 좋아하던 나는 고등학교 3학년 때부터 대학교 진학을 위해 공부했고, 고등학교 졸업 후에는 취직하지 않고 장학금을 받거나 아르바이트 하며 대학교와 대학원을 잘 마치게 되어 대기업에 취직하게 되었다.

그리고 대학원 졸업 후 약 25년이 지난 시점, 50대 초반에 접어들면서도 공부하고 싶은 마음이 생겨 신학대학에 진학하였고, 5년간 목회학 석사와 선교학 박사까지 취득하게 되었다. 이후 미국에서 자비량 선교를 목적으로 G2G 선교회를 설립하여, 누군가의 도움 없이 가족 중심으로 자체 운영 중이다.

최근에는 한국의 감사 나눔공동체에서 주관하는 "감사와 행복한 삶" 10주 과정 온라인 줌 화상 수업에 참석하게 되었다. 나는 일주일 중 금요일 이른 아침 6시(미국 텍사스 시간)에 참석하기 위해 새벽 5시 45분에 알람을 맞추고 잠을 잔다. 그러나 알람 소리 때문에 아내가 잠에서 깨는 것이 부담되었다. 그래서 둘째 주에는 목요일 밤에 잘 때 아내와 다른 방에서 잠을 잤더니, 아내는 내가 없어서 잠을 제대로 자지 못했다고 한다.

　그러던 중 아내가 여름 방학 동안 아이들을 돌보러 큰딸 집으로 3주 동안 가게 되었다. 그래서 오늘 아침에는 알람 소리가 나도 부담 없이 자유롭게 끄고 수업에 잘 참석할 수 있어서 참으로 좋았다. 나는 매주 금요일 아침의 온라인 줌 수업에 참여하며 새로운 것을 공부하는 즐거움에 큰 만족을 느끼고 있다. 그래서 그 시간이 늘 기다려진다.

　지금까지 나는 '공감'이라고 하면 단순히 상대방과 공감하는 것만 생각했고, 상대방과의 소통에만 관심을 두고 살아왔던 것 같다. 그러나 오늘 수업을 통해 "나는 나를 공감하는가?"라는 질문과 함께 "내 진심의 소리에 귀 기울이며 살아야 한다"라는 내용을 접하면서 많은 깨달음을 얻었다.

　"네가 너의 입장을 잘 표현하고 요구하지 않으면 아무도 너를 대신해 주지 않는다"라는 말에 깊이 공감이 갔다. 자기 공감력을 키우기 위해서는 정서적인 안정감이 필요하며, 그러기 위해서는 감탄과 감동이 있어야 하고, 자연을 관찰하거나 나무와 화초와도 대화를 시도해 보는 것이 좋다고 한다. 또, 나와의 대화를 위해서는 "내가 나를 공감해야 한다"라고 한다. 참으로 의미 있는 수업이었다는 생각이 들었다.

　이제 앞으로는 나 자신과의 대화를 연습해 보아야겠다는 마음이 들었다. 늘 상대방의 생각과 상대방에게 초점을 맞추고 살아왔다면, 이제는 나 자신과의 대화를 통해 좀 더 나를 돌보고, 내가 나를 인정하고 칭찬해 주는 삶을 살아가야겠다는 생각이 들었다. 다음 주 수업이 벌써부터 기대된다.

폭풍 감사, 내 마음을 건네는 고백

  자연 현상으로서의 '폭풍'은 바람이 매우 강하게 불고, 때로는 비, 천둥, 번개를 동반하여 주변 환경을 크게 흔드는 자연재해로 볼 수 있다. 그러나 성경적으로 '폭풍'은 시련과 시험의 상징이자 하나님의 임재 또는 권능을 나타내기도 한다.

  성경적 의미에서 '폭풍 감사'는 거센 시련 속에서도 감사를 포기하지 않고, 오히려 믿음으로 감사를 폭풍처럼 쏟아붓는 태도를 의미한다. 한국의 감사 나눔공동체에서도 이와 비슷한 맥락으로 '폭풍 감사'라는 용어를 사용하고 있다. 감사 나눔공동체의 김남용 대표는 휘몰아치는 폭풍처럼 감사를 표현하라는 의미로 '폭풍 감사'라는 개념을 만들어 상담과 강의에 사용하고 있다.

  폭풍 감사는 누군가에게 집중적으로 감사의 마음을 표현함으로써, 친밀한 관계를 형성하는 데 효과적인 감사 실천이다. 상대에게 일곱 단계로 나누어, 감사, 칭찬, 미안함, 자랑, 장점, 응원, 축복할 만한 내용을 찾아 글로 써서 직접 읽어주는 방식이다. 이 폭풍 감사는 감사 나눔공동체의 〈감사와 행복한 삶〉 무료 온라인 줌 화상 강의 10주 과

감사와 행복으로의 초대

정 중 제5주 강의에 포함되어 있다.

강의에서는 폭풍 감사의 개념을 설명한 뒤, 실습 시간에 감사를 전하고 싶은 사람을 한 명 정하여, 일곱 가지 항목으로 나누어 감사할 일, 칭찬할 일, 미안했던 점, 자랑거리, 장점 등을 표현하고, 마지막으로 응원과 축복의 말을 전하는 방식으로 실천한다.

강의가 끝난 후에는 일주일간 과제를 주는데, 정한 대상자에게 실제로 폭풍 감사를 작성해 읽어주고 그 소감을 나누는 활동이 포함된다.

나는 이 과제를 실천하기 위해 출석 중인 교회의 담임 목사님을 향한 폭풍 감사를 하기로 했다. 감사할 일과 칭찬할 내용을 진심으로 표현하고, 그동안 미안했던 점도 고백했다. 이어서 자랑스러운 점과 장점을 나열하고, 마지막에는 응원의 말과 축복의 말을 전하며 폭풍 감사를 실천했다.

평소에 목회자를 향해 직접 칭찬하거나 응원, 축복의 말을 전하는 일은 흔치 않다. 일반적으로는 목회자가 성도들에게 그런 표현을 자주 하지만, 평신도가 목회자에게 그렇게 표현하는 경우는 드물다.

작성한 폭풍 감사의 고백을 직접 전하니, 다소 쑥스러워하시는 반응이 있었다. 평소 말로 잘 표현하지 못했던 감정을 글로라도 전할 수 있어 의미가 있었다. 전달한 감사 편지는 조심스럽게 접혀 안주머니에 넣어졌고, 다시 꺼내어 읽고 싶은 마음이 담겨 있는 듯했다.

폭풍 감사의 효과는 감정을 따뜻하게 전달함으로써 관계 회복과 친밀감 형성에 도움이 되며, 자기 내면의 감사를 표현하는 훈련을 통해 삶의 만족감이 높아지고, 더 행복한 삶을 살아가는 데 긍정적인 영향을 준다. 폭풍 감사를 실천한 사람이나 받은 사람 모두에게 행복지수가 순간적으로 높아지는 현상이 나타난다.

"그리스도의 평강이 너희 마음을 주장하게 하라. 너희는 평강을 위하여 한 몸으로 부르심을 받았나니, 또한 감사하는 자가 되라.

그리스도의 말씀이 너희 속에 풍성히 거하여 모든 지혜로 피차 가르치며 권면하고, 시와 찬송과 신령한 노래를 부르며 감사하는 마음으로 하나님을 찬양하라.

무엇을 하든지 말이나 일에나 다 주 예수의 이름으로 하고, 그를 힘입어 하나님 아버지께 감사하라." (골로새서 3장 15~17절)

하나님은 삶 속에서 항상 감사하는 자가 되라고 말씀하셨다. 감사하는 마음으로 하나님을 찬양하고, 모든 일을 예수 그리스도의 이름으로 하며, 하나님 아버지께 감사하라고 하셨다. 그러므로 삶 속에서 폭풍처럼 감사를 날마다 드리는 자가 될 때, 단순한 기쁨이나 긍정적 감정을 넘어서는 영적이고 전인적인 삶의 변화가 일어날 것이다.

하나님께 드리는 폭풍 감사는 사람 간의 일곱 가지 항목에 따른 감사 실천과는 다르며, 삶 전반에서 넘치게 드리는 깊고 넓은 감사다. 그것은 고난 중에도 하나님을 신뢰하고 찬양하는 믿음의 결단이며, 그로 인해 하나님은 응답하시고, 내면과 삶 속에 놀라운 결과를 주실 것이다. 결국 폭풍 감사는 단순한 감사의 태도를 넘어서 하나님을 향한 신뢰와 사랑의 표현이며, 믿음의 도약을 이루는 열쇠가 된다. 주변 사람들에게는 일곱 가지 항목에 따라 감사에서부터 축복까지 폭풍 감사를 실천하고, 하나님께는 날마다 폭풍처럼 많은 감사를 고백하는 삶을 살아갈 때, 사람들과는 더욱 친밀한 관계를, 하나님과는 더욱 신뢰 깊은 관계를 이루며 진정으로 행복한 삶을 살아가게 될 것이다.

감사와 행복으로의 초대

감사보다 먼저 해야 할 것

여름 방학을 맞아 손주들을 돌보기 위해 아내가 큰딸 집으로 간 지 2주가 되었다. 혼자 지내던 나도 손주들이 보고 싶어져 큰딸 집으로 가는 비행기에 몸을 실었다. 그런데 비행기 안에서 한 시간 정도 기다린 끝에 비행기는 지연 출발하였다. 약 3시간 비행 후 목적지에 도착해야 했지만, 도착지에 거의 다다랐을 무렵 비행기가 착륙하지 않고 세 번 정도 선회한 뒤 방향을 틀어 네바다 인근 유타주의 공항으로 30분 정도 더 날아가 착륙하게 되었다.

그곳에서 다시 기다린 뒤 비행기에 연료를 채우고 약 두 시간 후에 다시 출발하여 결국 목적지에 도착할 수 있었다. 원래 비행 시간 3시간, 탑승 전 대기 1시간, 도착 후 이동까지 합쳐 총 5시간이면 큰딸 집에 도착할 수 있어야 했는데, 무려 9시간 반 만에 도착한 셈이다. 그 이유는 도착 예정 공항에 갑작스럽게 폭우가 쏟아져 착륙이 어려웠기 때문이다. 몇 차례 착륙을 시도했지만 실패했고, 결국 인근 공항에 임시 착륙한 후 다시 이동하게 되었다.

예상보다 길어진 여정으로 인해 배도 고프고 피곤했지만, 손주들을 보니 반가움에 얼굴이 활짝 피어났다.

내가 살고 있는 텍사스와 네바다는 시차가 두 시간 나기 때문에 시차 적응도 필요했지만, 도착한 밤에 잠자리에 들자마자 새벽 4시에 시작되는 한국의 '감사 나눔공동체'가 주관하는 〈감사와 행복한 삶〉 온라인 줌 강의를 듣기 위해 알람도 설정하지 못한 채 잠들었다. 그런데 감사하게도 새벽 3시 30분경 자연스럽게 잠이 깨어 강의에 참석할 수 있었고, 그 사실에 진심으로 감사한 마음이 들었다.

나는 학창 시절부터 결석을 잘하지 않고 수업에 성실히 임하며 과제도 꼼꼼히 해내는 스타일이었다. 몸이 힘들어도 꼭 참석해서 강의를 듣고 싶었고, 또 일주일을 기다려온 강의에 결석하는 것은 내 마음이 허락하지 않았다. 무엇보다도 강의 내용이 나에게 실질적인 도움이 되는 귀한 것들이기에, 한 주 강의가 끝나면 곧 다음 주 강의가 기다려질 만큼 기대되는 시간이다.

이번 주는 총 10주 강의 중 여섯 번째 주로, '사과와 용서'에 관한 내용이었다. 특히 '다섯 가지 사과의 언어'에 대해 상세히 설명해 주셔서 많은 도움이 되었다.

감사에 대해 집중적으로 생각해 왔지만, 감사보다 더 중요하고 선행되어야 할 것이 바로 '사과'임을 알게 되었다. 진정한 감사는 먼저 사과가 있을 때 비로소 가능하며, 감사받는 사람의 마음도 더욱 진솔해질 수 있다는 것이다. 지금까지는 몰랐던 이 사실을 이번 강의를 통해 깨닫게 되어 매우 소중한 시간이었다.

강의를 진행한 '감사 나눔공동체' 김남용 대표의 설명에 따르면, 다섯 가지 사과의 언어는 다음과 같다. 유감의 표현, 책임 인정, 보상, 진실한 뉘우침, 용서 요청 등이다. 이제 그 내용을 상세하게 함께 공

감사와 행복으로의 초대

유하고자 한다.

"누군가에게 감사를 표현하기에 앞서, 그 사람과의 관계에서 사과할 일이 있다면 먼저 유감을 표명하고, 진심을 담아 신실한 마음으로 사과하는 것이 중요하다. 또한 자기 행동에 대한 책임을 인정하며 '내가 잘못했어요'라고 고백할 수 있어야 한다. 그 후에는 상대방의 아픈 마음을 채워줄 수 있는 보상이 따르고, 다시는 그러지 않겠다는 진정한 뉘우침이 있어야 한다. 상처를 입은 사람이 알고 싶어하는 것은 변명이 아니라, 변화를 향한 의지를 보여 주는 것이다. 마지막으로 '저를 용서해 주시겠어요?'라는 용서 요청이 필요하다."

사람들은 사과받을 때, 단순한 설명보다 진정성 있는 용서의 요청을 더 원하고 있다. 그래서 누군가에게 감사의 마음을 전하기 전에, 사과해야 할 일이 있다면 먼저 진심으로 사과하고 용서를 구하는 태도와 실천이 매우 중요하다.

그리고 타인과의 관계에서 사과도 중요하지만, 그보다 더 중요한 것은 자기 자신에게 사과하는 것이라고 한다. 자신에게 사과할 때, 우리는 '되고 싶은 이상적 자아'와 '현재의 실제 자아' 사이의 정서적 불균형을 해소하게 된다. 그러므로 상처받은 자신을 위로하고 용서하는 과정이 필요하다.

앞으로는 누군가에게 감사를 전하기 전에 사과할 일이 있다면, 먼저 사과하고 용서를 구해야 한다는 점을 깊이 깨닫게 되었다. 그리고 나 자신에게도 진심으로 사과하고, '자신을 용서하는 연습'을 실천해 보아야겠다는 다짐을 해 본다.

단순한 삶으로의 초대

　대체로 사람들은 복잡한 삶보다 단순한 삶을 선호한다. 한국의 감사 나눔공동체에서 무료 온라인 줌 화상 강의로 진행하는 '감사와 행복한 삶' 10주 과정 중 8주 차 강의 주제는 "단순하게 살아보기"다. 강사 김남용 교수는 "감사하면 검소하게 살게 된다, 감사하면 단순해진다, 감사하면 이타적인 삶을 산다"라고 설명한다.

　감사하는 삶을 살아가는 사람은 사치보다는 검소한 삶을 지향하게 된다. 또한 불평과 불만이 많은 사람보다, 감사하는 사람의 삶은 훨씬 단순하고 가볍게 느껴진다. 더 나아가, 감사하는 사람은 자신만을 위한 이기적인 삶에서 벗어나 타인을 돕고 유익을 주는 이타적인 삶을 살아가게 된다.

　그러나 우리 주변에는 삶이 매우 복잡하고, 매일 다양한 일로 인해 스트레스받으며 감사보다는 불만이 쌓여가는 사람들을 종종 볼 수 있다. 그 결과, 늘 피곤하고 지친 나날을 보낸다. 왜 그럴까? 이런 사람들의 공통점은 문제의 원인을 자신이 아닌 다른 사람에게서 찾는다는 데 있다. 그래서 끊임없이 자신의 요구를 이야기하거나 불만을

토로한다. 서로 생각이 다르고, 원하는 방향이 다르다 보니 자주 부딪히고, 삶은 점점 더 복잡해진다.

삶이 잘 풀리지 않고 자꾸 꼬이는 느낌이 들 때가 있다. 그러다 보면 성격이 거칠어지고, 말다툼이나 갈등이 잦아진다. 모든 것이 싫어져 혼자 있고 싶고, 우울함과 외로움 속에서 고독을 곱씹으며 살아가는 경우도 있다.

그렇다면 어떻게 하면 삶을 단순하게 만들 수 있을까? 두 가지 방향에서 해답을 찾을 수 있다.

1. 매사에 감사하는 삶으로 전환하자.

"항상 기뻐하라. 쉬지 말고 기도하라. 범사에 감사하라. 이는 그리스도 예수 안에서 너희를 향하신 하나님의 뜻이니라." (데살로니가전서 5:16-18)

항상 기뻐하고, 쉬지 말고 기도하며, 범사에 감사하는 것은 하나님께서 우리에게 주신 분명한 뜻이다. 이는 좋은 일뿐 아니라 힘든 상황 속에서도 감사하는 태도를 가지라는 말씀이다.

삶 속에서 누군가가 실수하거나 기대와 다르게 행동하더라도 예민하게 반응하기보다는 "지금 함께 있다는 것만으로도 고맙다"라는 마음을 품는 것이 중요하다. 모든 사람은 하나님이 창조하신 피조물이요, 각자 고유한 개성과 특징을 지닌 하나님의 걸작품이다. 그런 존재가 내 뜻대로 움직이지 않는다고 짜증을 내거나 논쟁을 벌이는 것은 바람직하지 않다. 상대를 있는 그대로 인정하고, 수용하며, 용서

하고, 용납하고, 감사하는 태도로 바라볼 때 우리의 삶은 단순해지고, 결국 평안을 얻게 된다.

2. 모든 근심과 걱정을 주님께 맡기자.

"수고하고 무거운 짐 진 자들아 다 내게로 오라. 내가 너희를 쉬게 하리라. 나는 마음이 온유하고 겸손하니, 나의 멍에를 메고 내게 배우라. 그리하면 너희 마음이 쉼을 얻으리니, 내 멍에는 쉽고 내 짐은 가벼움이라." (마태복음 11:28-30)

어떤 일이 생겼을 때 혼자 해결하려 하면, 오히려 일이 더 복잡해지고 힘들어지는 경우가 많다. 그러나 우리의 모든 근심과 염려를 주님께 맡기고 기도하면, 마음이 편안해지고 오히려 쉽게 해결되는 경우가 많다.

기도와 믿음으로 예수님과 멍에를 함께 메고 동행할 때, 주님은 우리의 짐을 덜어주시고 마음에 참된 평안을 주신다. 그 결과, 삶은 훨씬 단순하고 가벼워진다.

결국, 삶을 단순하게 만들고 싶다면 감사하며 살고, 모든 것을 하나님께 맡기며, 예수님과 동행하는 삶을 살아야 한다. 이 두 가지를 실천하면, 현실이 아무리 복잡하더라도 마음은 단순함을 유지할 수 있다. 삶이 단순해지면 마음에 평안이 찾아오고, 그 평안은 삶에 활력과 기쁨, 그리고 진정한 행복을 더해줄 것이다.

감사와 행복으로의 초대

감사와 행복한 삶으로의 변화

"10주 간의 여정이 나를 바꾸었다."

감사는 삶을 바꾼다. 단순한 기분 좋은 말의 반복이 아니라, 훈련과 실천을 통해 삶의 방향을 바꾸는 은혜의 여정이다.

그동안 간절히 참석하고 싶었던 '감사와 행복한 삶' 온라인 줌 화상 과정이 드디어 10주 전에 개설되었다. 마음속으로 오래 기다려온 과정이었기에, 매주 금요일 새벽 6시에 진행되는 수업임에도 불구하고 나는 매번 설레는 마음으로 일찍 일어나 강의에 참여할 수 있었고, 그런 나 자신이 대견하고 감사했다.

특히 한국 시각으로는 금요일 저녁 8시, 바쁜 하루를 마무리할 시간임에도 퇴근도 하지 않고 사무실에서 열정적으로 강의를 이어오신 감사 나눔공동체 김남용 대표님의 헌신에 깊은 감동과 존경의 마음을 품게 되었다.

참석자들의 연령대도 다양했고, 직업도 제각각이었지만 우리는 서로의 삶을 나누며 10주 동안 진지하게 배우고, 함께 실습하고, 과제를 수행하며 어느덧 마지막 시간에 이르렀다.

마지막 과제로는 "과정 이전과 이후 나의 변화 10가지"를 정리해 소감문으로 나누는 시간이 있었고, 나는 감사한 마음으로 지난 시간을 돌아보며 다음과 같은 삶의 변화를 정리해 보았다.

1. "내가 나다운 것은 내 안의 나를 보는 것이다."

이 문장이 유독 마음에 깊이 와닿았다. 지금까지 나는 늘 남을 의식하며 살았다. 남이 나를 어떻게 볼까 하는 시선에 민감했고, 스스로에게 집중하지 못했다. 하지만 이제는, 내가 나를 보는 습관을 지녀야겠다는 결심을 하게 되었다. 내 내면을 돌보며, 나를 더 깊이 이해할 때 더 큰 행복을 향해 나아갈 수 있다는 것을 깨닫게 되었다.

2. "내가 있는 이곳을 감사로 채우면, 타인에게도 감사를 줄 수 있다."

이 강의를 들으며 깊은 반성을 하게 되었다. 공동체에서 늘 나의 유익과 나의 행복을 추구하며 살아왔지 않나 싶다. 그러나 이제는, 내가 속한 공동체에서 다른 이들에게 감사의 통로가 되는 삶을 살아야겠다는 마음이 들었다.

3. "자기 존중이 타인 존중이 된다. 누구든 존중받아야 한다."

모든 사람은 하나님께서 창조하신 걸작품이다. 나 자신도 존귀한 존재이고, 나의 주변 사람들 또한 마찬가지다. 내가 먼저 나를 존중하고, 타인을 있는 그대로 존중하며 살아야겠다고 다짐하게 되었다.

4. "내가 행복하면 그것이 전염된다. 크리스천은 먼저 행복해야 한

감사와 행복으로의 초대

다."

목회자도 행복해야 성도들이 행복하다. 부모가 행복해야 자녀가 안정된다. 나 자신이 행복해야 주변에 행복이 퍼진다는 이 진리는 너무나 공감이 되었다. 감사가 있는 곳에 행복이 있고, 그 행복은 바이러스처럼 전염될 수 있다.

5. 공감의 6단계: 마음 비우기, 언어 이해, 논리 이해, 욕구 파악, 성장 동기 듣기, 공감적으로 들어 주기

하지만 중요한 것은 내 내면의 소리에 귀 기울이는 것이다. 다른 사람이 나에게 바라는 소리에만 반응하기보다는, 나 자신이 무엇을 원하는지, 어떤 감정을 느끼는지 주목해야 한다. 내가 내 입장을 말하지 않으면, 누구도 대신 말해줄 수 없다.

6. "폭풍 감사"는 강력한 사랑의 표현이다: 감사 → 칭찬 → 미안함 → 자랑 → 장점 → 응원 → 축복

이 일곱 가지를 누군가에게 표현한다는 것은 그 사람과의 관계를 회복하고 신뢰를 쌓는 매우 효과적인 방법이다. 앞으로 종종 이 방식을 실천해 보며 관계를 더욱 풍성하게 가꾸고 싶다.

7. 다섯 가지 사과의 언어: 유감, 책임 인정, 보상, 진심 어린 뉘우침, 용서 요청

우리는 남에게만 사과할 게 아니라, 자신에게도 사과할 줄 알아야 한다.

"나는 누구인가?", "나는 어떤 사람이 되고 싶은가?"라는 물음을 던

지며, 내 속에 묻어 있던 아버지에 대한 두려움과 미움, 애정 없는 태도를 스스로 사과하고 용서하게 되었다. 그 결과, 나의 마음에 큰 자유와 평안이 찾아왔다.

8. "감사는 단순함을 낳는다."

감사하는 사람은 검소해지고, 단순해지며, 이타적으로 변한다. 나또한 더 단순하게, 감사하며 살고 싶다. 복잡한 욕심과 비교에서 벗어나 예수님과 동행하며 감사로 하루하루를 채워가는 삶을 기대한다.

9. "무소꼬마즉모사"- 감사의 실천 키워드

무조건 감사 / 소리내어 감사 / 꼬집어 감사 / 마음 가득히 감사 / 즉시 감사 / 모든 면에 감사 / 사람에겐 '감감축'(감사, 감사, 축복).

이 단순하지만 강력한 실천이 나를 감사 체질로 바꾸고 있다.

10. "장점을 보면 단점이 사라진다."

사람의 단점보다 장점을 보려는 노력이 관계를 회복시킨다. 무조건 단점만 보지 말고, 장점을 크게 확대해서 보자. 그 사람도 나처럼 연약하지만 하나님의 형상대로 지음받은 귀한 존재니까.

"범사에 우리 주 예수 그리스도의 이름으로 항상 아버지 하나님께 감사하며" (에베소서 5장 20절)

우리는 하나님을 믿고 살아가는 하나님의 자녀다. 그러므로 하나님의 말씀에 순종하는 삶을 살아야 한다. 하나님은 우리에게 범사에 감사하라고 명하셨다. 따라서 우리는 항상 하나님을 사랑하고, 감사하는 삶을 살아야 한다. 그리고 하나님을 사랑한다고 하면서 하나님께서 만드신 사람들을 사랑하지 않는다면, 그것 또한 죄에 속한다. 그렇기에 내 주변 사람들을 사랑하고, 감사하는 마음으로 살아가야 하겠다.

이번 감사 과정을 통해 나는 분명히 변화되었다. '감사의 삶'은 단지 기분 좋은 말을 반복하는 것이 아니라, 훈련과 실천을 통해 삶의 방향이 바뀌는 깊은 은혜의 여정임을 느꼈다.

참석자 중에는 공황장애와 우울증으로 고생하던 분이 있었는데, 10주 동안 감사하는 삶을 실천하면서 외출과 사람을 대하는 데 대한 두려움이 점차 사라졌다고 한다. 또한 부부 사이에 갈등이 있었던 분도 감사하는 마음으로 배운 대로 실천하고 상대를 존중하게 되면서, 관계가 정상적인 부부로 회복되는 변화를 체험했다고 한다.

나 역시 감사의 눈으로 세상을 바라보며, 누군가를 만나면 그 삶을 통해 감사의 제목을 발견하게 되었다. 그리고 누군가에게 꿈과 비전을 품을 수 있도록 칭찬하고 격려하는 사람으로 변화되었다. 나 자신도 놀라울 만큼 바뀌었음을 느낀다.

이 귀한 시간을 허락하신 하나님께 진심으로 감사드리며, 앞으로도 감사와 행복의 길을 계속 걸어가고자 한다.

감사로 걷는 행복한 인생 여정

10주간의 '감사와 행복한 삶' 과정을 온라인 줌 화상으로 참석했는데 지난주에 종강이 되었다. 오랜만에 공부할 수 있는 시간이 즐거웠고, 새로운 것을 배우며 새로운 사람들과 서로 알아갈 수 있어서 매주가 기다려지는 시간이었다.

처음 시작할 때만 해도 잘 모르는 사람과 대화하거나 화상으로 얼굴을 마주하는 것이 조금 서먹했지만, 3주 정도 지나면서 참석자들의 얼굴이 익숙해지고 매주 만나는 시간이 반가워졌다. 함께 공부하고 대화를 나누며, '감사 나눔 공동체' 카페를 통해 감사 일기를 공유하면서 더욱 친밀해질 수 있었다. 이 시간이 좋은 추억으로 평생 남을 것 같은 기분이다.

각 사람의 삶 이야기를 통해 그분들의 인생을 간접적으로나마 알게 되었고, 함께 염려할 일이 있으면 같이 걱정하고, 기도할 일이 있으면 함께 기도할 수 있었던 시간이 참 행복했다. 그 여운이 아직도 생생하다.

특히 이미 몇 년 전에 이 과정을 수료하신 분이 다시 수강 신청을 하시고, 주변에 이 '감사와 행복한 삶' 과정이 필요하다고 생각되는 분들을 초대하여 그분들의 삶의 질을 높이는 데 크게 기여하신 모습에는 찬사를 보낼 수밖에 없었다. 그리고 결혼하였지만, 가정에 평화가 없고 힘들어하던 부부가 10주 과정이 끝나자 아주 아름답고 행복한 믿음의 가정으로 살아가려고 노력하는 모습이 참으로 귀하게 느껴졌다. 또한 결혼하지 않았지만 성실하게 살아가는 청년이 이 과정을 통해 더욱 행복한 삶을 추구하는 모습을 보면서, 그저 그런 분들과 함께하는 시간 자체가 나에게 큰 행복이었음을 고백하게 되었다.

마지막 강의 시작 5분 전에 온라인 줌 화상 클래스에 접속했는데, 강사이신 감사 나눔 공동체 대표 김남용 교수님께서 몸이 많이 피곤하시다며, 나에게 약 40분간 강의를 부탁하셨다. 나는 곧바로 '감사와 행복으로의 초대' 세미나 자료를 컴퓨터에서 찾아 준비했다. 약 30분간 교수님의 강의 후 나에게 순서가 넘어왔다.

평소 온라인과 대면으로 진행해 온 세미나라 준비된 자료가 있었기에, 열심히 설명하며 중간중간 나의 간증도 곁들였다. 원래 한 시간 분량의 세미나였지만, 빠르게 진행해도 약 50분 정도 걸렸다. 이렇게 갑작스럽게 세미나를 온라인으로 진행하게 된 것도 하나님의 섭리라는 생각이 들었다. 언제든 세미나를 인도할 준비가 되어 있었기에, 마지막 시간에 '감사와 행복으로의 초대' 세미나를 나눌 수 있었음이 참 감사했다.

'감사와 행복한 삶' 10주 과정을 통해 나의 삶은 한층 더 행복지수가 올라간 삶으로 변화하였다. 내가 준비한 '감사와 행복으로의 초대' 세미나를 통해, 감사가 얼마나 중요한지, 또 어떤 어려운 환경 속에서도 감사하며 살아갈 때 삶이 어떻게 행복으로 전환되는지를 전하고 싶다.

> "범사에 감사하라. 이것이 그리스도 예수 안에서 너희를 향하신 하나
> 님의 뜻이니라." (데살로니가전서 5장 18절)

우리 크리스천은 기쁠 때나 슬프고 힘들 때나 언제든지 범사에 감사할 이유가 있다. 감사하는 것은 하나님의 뜻이기에, 하나님의 자녀로서 하나님의 말씀에 순종하는 삶을 살아가야 한다. 그렇게 감사하는 삶을 살다 보면 감사와 행복은 결코 분리될 수 없다. 감사하는 사람에게는 행복이 따라오게 되어 있다. 감사는 반복된 훈련과 연습 속에서 습관이 될 때, 자신을 더 사랑하게 되고 상대방에게도 감사하는 마음을 전하게 된다. 그렇게 상호 신뢰가 쌓이면 삶은 행복한 방향으로 변화된다.

우리 모두 감사하는 습관을 몸에 익혀서, 행복한 인생 여정을 걸어가는 사람이 되지 않으시겠습니까?

감사와 행복으로의 초대

2부

믿음으로 걷는 감사의 길과 비전

비빔밥같이 좋은 맛을
어떻게 낼 수 있을까?

우리 가정은 1년에 서너 번 정도 주일 예배 후 교회 점심 친교를 담당한다. 지난 7월 28일도 우리 차례였는데, 며칠 전부터 아내와 함께 무엇을 준비할지 의논했다. 나는 아내의 수고를 덜어주기 위해 주문할 수 있는 피자나 멕시코 전통음식인 따말레스를 오더하자고 제안했다. 우리 교회는 한인이 대부분이지만 현지인 몇 가정도 함께하기 때문에 이런 음식도 괜찮은 선택이었다.

그렇게 목요일까지는 의견이 모아졌는데, 금요일에 한인 마트를 다녀온 아내가 이번에는 비빔밥을 준비하겠다고 했다. 나는 힘들지 않겠냐며 만류했지만, 이미 아내의 마음은 정해져 있었다. 그래서 나는 도울 수 있는 부분을 맡기로 했다. 토요일 아침부터 아내는 여러 가지 채소를 데치고 볶으며 준비를 시작했다. 내가 맡은 일은 일요일 이른 아침에 시금치를 물에 살짝 데친 후 고무장갑을 끼고 물기를 짜내는 일이었다. 그리고 양념장을 만들 때는 맛을 보며 조언하는 역할도 했다.

이번에 준비한 비빔밥의 재료는 시금치, 당근, 호박, 오이, 그리고 고비였다. 한국에서는 고사리를 주로 쓰지만, 이곳에서는 구하기가

감사와 행복으로의 초대

어려워 비슷한 고비로 대신했다. 마지막으로 잘게 부순 김을 올려 오색 비빔밥을 완성했다. 양념장은 고추장에 한국에서 가져온 매실청과 오미자청을 섞어 만들었다. 채소 고유의 맛을 살리기 위해 고기나 계란은 넣지 않았다. 시금치는 살짝 데쳐 물기를 짜내 무쳤고, 고비는 살짝 삶은 후 볶았다. 당근과 호박은 곱게 채 썰어 볶았으며, 오이는 얇게 썰어 소금에 절여 숨을 죽여 사용했다.

각각의 채소만 먹으면 그저 평범한 맛이지만, 다섯 가지 채소가 한데 어우러지고 김 가루와 양념장이 곁들여지니 전혀 새로운 맛이 났다. 함께 먹은 교인들이 입을 모아 너무 맛있다고 칭찬했다. 어떤 분은 이 비빔밥을 한인 식당에서 메뉴로 내면 대박이 날 것 같다고까지 했다. 현지인들도 어른, 아이 할 것 없이 잘 먹고 즐거워하는 모습에 아내와 나는 큰 보람을 느꼈다. 힘들게 준비했지만, 모두가 맛있다고 해 주니 기분이 참으로 좋았고, 부부가 함께 준비한 음식이 공동체를 기쁘게 할 수 있음에 감사했다.

이 모습을 보며 문득 생각하게 되었다. 우리 교회 공동체도 비빔밥처럼 좋은 맛을 낼 수 있지 않을까? 각자 다른 개성을 지나치게 드러내기보다, 서로가 믿음과 소망과 사랑 안에서 예수 그리스도를 중심으로 모여 예수님의 향기를 발한다면 그 공동체는 많은 사람이 오고 싶어 하는 교회가 될 것이다.

비빔밥이 제대로 된 맛을 내려면 어떤 한 가지 맛이 지나치게 강해선 안 된다. 마찬가지로 공동체도 특정인의 개성이 지나치게 두드러지기보다, 여러 사람이 서로를 존중하며 조화를 이룰 때 아름답게 성장한다. 그렇게 협력하며 같은 목표를 향해 나아갈 때 그 공동체는 건강하게, 그리고 지속해서 자라갈 수 있다.

지금 내가 맡은 일에 감사하며

　지금 내가 출석 중인 교회의 담임목사님께서 총회 참석을 위해 한국을 방문하게 되셨다. 어머니가 한국에 계시지만, 그동안 오랫동안 방문을 하지 못하셨기에 2주일 일정으로 출국하셨다. 그로 인해 내가 두 번의 주일 설교를 맡게 되었고, 주중에도 교회에 여러 가지 문제가 생길 때마다 방문하여 이것저것 돌보느라 2주 동안 정말 정신없이 지낸 것 같다.

　먼저 본당의 에어컨에 문제가 생겨 기술자를 불러 확인해 본 결과, 프레온 가스를 전달하는 동 튜브에서 누출이 발생하여 기름이 바닥으로 떨어지는 현상이 있었다. 결국 약 7피트 길이의 동 튜브를 절단하고 새것으로 교체한 뒤, 프레온 가스를 10파운드 추가로 충전하는 작업을 진행했다.

　또한 부엌 싱크대 아래에서 물이 잘 내려가지 않아 본당 쪽으로 물이 넘쳐 벽 쪽 카펫이 젖는 일이 발생했다. 확인해 보니 배수관 안에 바퀴벌레약이 들어 있어 막히는 바람에 물이 제대로 내려가지 않았고, 이를 깨끗이 정리한 후에도 본당 카펫에 다시 물이 젖은 흔적이

감사와 행복으로의 초대

남아 있어 점검한 결과, 정수기에서 나오는 물이 하수 배관으로 제대로 빠져나가지 않는 문제가 있어 추가로 정비 작업을 하게 되었다.

평소엔 조용하던 본당 앞 기둥에도 문제가 생겼다. 딱따구리가 구멍을 낸 자리에 다른 새들이 들어와 둥지를 틀고, 새끼까지 있는 것을 발견했다. 본당 현관 아래는 새들의 배설물로 매우 지저분해져서, 우선 새끼가 있는 한 구멍은 그대로 두되, 나머지 여섯 개의 구멍은 임시로 모두 막아서 추가로 새들이 들어오지 못하도록 했다. 새끼가 밖으로 날아간 후에는 마지막 남은 구멍도 막을 예정이다. 새들에게는 미안했지만, 교회 본당 앞이 지나치게 더러워지는 것을 막기 위해 부득이한 선택이었다. "새들아, 미안해."라는 말을 전해 본다.

지난주 5월 첫 주는 어린이 주일이었다. 어린이들을 위한 축복기도와 함께 작은 선물을 전달했고, 어제는 어버이 주일이었다. 미국에서는 어머니날이기도 해서 남전도회가 중심이 되어 소고기, 닭고기, 돼지고기 세 가지 고기를 바비큐처럼 굽고, 볶음밥과 각종 야채를 준비하여 어머니 성도님들과 함께 맛있게 식사할 수 있었다. 참으로 감사한 시간이었다.

그런데 위의 모든 일은 몸으로 하면 되는 일이었지만, 설교를 준비하고 전하는 일은 전혀 다른 차원의 일이었다. 마음과 정신을 집중시키고, 영적으로 깨어 있으면서 준비해야 했기에 2주 동안 매일 아침 설교 원고를 다시 읽고, 기도하며 정성을 다해 준비했다.

첫 주에는 "어떤 예배를 드려야 할까?"라는 제목으로 설교했고, 어제는 "내 모습 이대로 받아주시는 하나님"이라는 제목으로 말씀을 전했다. 설교 중간에는 찬송가 214장 "내 모습 이대로"의 작사자와 배경에 관해 설명한 후, 회중과 함께 찬송을 부르며 은혜를 나누는 시간을 가졌다. 나 자신도 찬송을 부르며 단상에서 눈물을 너무 많이 흘리는 바람에 한동안 말을 잇지 못했다. 가사에 깊이 감동해 찬양이 끝난 후 설교를 이어가려 했지만, 목이 잠기고 눈물이 흐르면서 설교를 마무리하는 데 다소 어려움이 있었다. 그럼에도 말씀을 준비한 대로 잘 전할 수 있었기에 감사한 마음이 들었다.

이렇게 2주 연속으로 설교를 해보니, 매주 말씀을 준비하고 전하시는 목사님들이 얼마나 사명감과 은혜 안에 살아가시는 분들인지 다시금 느끼게 되었다. 매주 예배마다 새롭게 말씀을 준비하고, 성도들에게 감동 있게 전하시는 목사님들은 하나님의 특별한 은혜와 은사를 받은 분들이라는 생각이 들었다. 나는 매주 설교하지 않아도 되니 오히려 다행이라는 마음도 들었다. 그만큼 한 편의 설교를 준비하는 데 온 마음과 정성을 다하고, 반복해서 연습하더라도 단 위에서 말씀을 전하는 것은 결코 쉬운 일이 아니라는 것을 새삼 느끼게 되었다.

그래서 오늘, 지금 내가 맡은 일에 감사한 마음으로 살아가야겠다고 다짐한다. 그리고 매주 귀한 말씀을 준비하고 선포하시는 모든 목사님께 깊은 존경과 감사를 드린다.

감사와 행복으로의 초대

감격의 예배, 감사의 눈물

예배를 드리면서 가장 감격스러운 순간은 언제일까? 사람마다 신앙의 배경과 성향이 다르기에 그 답은 다양할 것이다. 그러나 분명한 것은, 하나님이 임재하시고 성령께서 마음을 어루만져 주실 때 우리는 감격스러운 예배를 드리게 된다는 사실이다. 설교 말씀을 통해 큰 은혜를 받고 믿음을 새롭게 다짐할 때, 간절한 기도를 통해 성령의 도우심을 체험할 때, 찬양의 가사 속에서 하나님의 위로와 사랑을 느낄 때, 예배는 눈물과 감사로 물드는 거룩한 순간이 된다.

나는 지난주에 둘째 딸 집을 방문하여 그곳에서 주일 예배를 드렸고, 이번 주에는 내가 출석하는 교회에서 예배를 드렸다. 놀랍게도 두 주 모두 찬양 가운데 큰 은혜를 경험했다. 지난주에는 찬양의 가사가 마음 깊숙이 파고들어 눈물이 흐르고 멈추지 않았다. 이번 주 역시 찬양이 시작되자 눈물이 주체할 수 없이 흘러내리며 감동과 감격 속에서 하나님을 만나는 시간을 누렸다.

더 놀라운 것은 두 교회, 다른 날짜의 예배였음에도 불구하고 동일한 곡이 준비되었다는 것이다. 내가 부탁한 것도 아닌데, 두 교회의 찬양팀이 같은 곡을 불렀다. 바로 〈Way Maker〉라는 찬양이었다.

> "주님 놀라우신 길을 만드는 기적의 주, 어둠 속의 빛, 그는 나의 하나
> 님. 약속을 이루시는 분, 기적의 주, 어둠 속의 빛, 그는 나의 하나님.
> 주 예수 이곳에 계셔, 나 경배해, 주 경배해…."

이 가사를 따라 부르며 '나의 하나님'을 고백할 때, 눈물이 주룩주룩 흘러내렸다. 찬양은 단순한 노래가 아니라 살아 계신 하나님을 만나는 예배의 도구였다. 나는 그 순간, 하나님께서 내 영혼을 붙잡고 계시다는 확신 속에서 깊은 감격을 맛보았다.

또 하나 간증하고 싶은 일이 있다. 오늘 찬양팀 다섯 명 가운데 세 명의 이야기를 나누고 싶다. 작년에 젊은 남녀 두 사람이 우리 교회에 출석하기 시작했다. 두 사람은 서로 사랑하고 있었지만, 남자 쪽 부모님의 반대 때문에 결혼은 미뤄지고 있었다. 아내와 나는 그들을 저녁 식사에 초대해 함께 이야기를 나누었고, 두 사람이 진심으로 사랑하는 모습을 보며 마음속으로 기도하기 시작했다. 하나님께서 반드시 이들의 길을 열어 주시기를 소망하며 기도했는데, 금년 8월에 두 사람이 한국에서 결혼식을 올리고 돌아왔다. 그리고 오늘, 부부가 되어 함께 찬양팀에서 노래하는 모습을 보니 얼마나 감동이 되었는지 모른다. 하나님께서 이루신 아름다운 결실 앞에서 마음 깊이 감사가 솟아올랐다.

또 다른 한 분은 올해 초 교회에서 열렸던 자녀 교육·결혼 세미나를 통해 교회에 연결된 분이다. 내가 강사로 나서 준비한 자료를 나누었는데, 그 자리에 온 젊은 여성이 남편과 자녀를 교회로 인도했다. 지

금은 온 가족이 신실하게 믿음 생활을 하고 있다. 그분이 오늘 찬양 팀에 합류해 찬양을 드리는 모습을 보며, 하나님의 은혜가 얼마나 놀라운지 다시금 느낄 수 있었다.

이처럼 귀한 젊은이들이 하나님을 찬양하는 모습은 내게 또 다른 눈물을 가져왔다. 하나님께서 이렇게 귀한 사람들을 교회로 보내 주셨다는 사실이 큰 감사로 다가왔다. 그리고 다가올 11월 추수감사절, '이웃·가족 초청 찬양제'를 위해 마음에 기도가 시작되었다. 품고 기도하는 세 가정이 반드시 교회에 나와 함께 신앙생활을 이어가기를 간절히 소망하며, 날마다 기도하게 하신 것 또한 감사의 제목이 되었다.

감격스러운 예배, 그것은 특별한 상황에서만 일어나는 것이 아니다. 말씀을 통해, 기도를 통해, 찬양을 통해 하나님을 만날 때, 우리의 예배는 언제나 감격적이다. 그 은혜의 순간에 흘린 눈물은 슬픔의 눈물이 아니라 감사의 눈물이며, 하나님과 만남의 증거이다. 나는 오늘도 예배의 자리에서 하나님을 만나고, 그 만남 속에서 감사와 행복으로 초대된 삶을 살아가고 있다.

뜻깊고 은혜로운 추수감사절,
감사찬양제의 감동

지난 2024년 11월 24일, 미국 교회에서는 한국보다 한 주 늦게 추수감사절 주일 예배를 드렸다. 추수감사절(Thanksgiving Day)은 11월 28일 목요일이었는데, 매년 이 시기가 되면 우리 교회는 조금 더 풍성한 음식을 나누며 감사 예배를 드리는 정도로 마무리하곤 했다. 그러나 올해는 특별히 예배와 점심 친교 후, 다시 모여 추수감사절 감사찬양제를 열게 되었다.

예배가 끝난 뒤에는 이웃까지 초청해 정성껏 준비한 칠면조 요리와 다양한 음식을 함께 나누었다. 오랜만에 성도와 이웃이 어울려 따뜻한 식탁 교제를 나눌 수 있어 더욱 기쁘고 감사했다. 이어 본당에 다시 모여 개인, 가족, 구역별로 준비한 찬양을 발표하는 시간이 마련되었다. 또한 뽑기를 통해 준비된 상품을 나누었고, 초청된 가정에도 선물을 전하며 더욱 풍성한 감사의 자리가 되었다.

우리 가정에서는 칠면조 한 마리와 통닭 두 마리를 준비했다. 칠면조는 주일 아침 일찍부터 오븐에 넣어 2시간 30분간 정성껏 구웠고, 통닭 두 마리는 이미 조리된 것을 구입해 가져갔다. 여기에 각 가정

　　　　　　　　　　　감사와 행복으로의 초대

이 준비한 음식들이 더해져 모두가 즐겁게 감사의 식탁을 나눌 수 있었다.

특별히 이번 찬양제에는 아내가 첼로 연주로 참여했다. 첼로를 배운 지 불과 6개월이었지만, 하나님께 드리는 감사의 마음으로 무대에 서겠다고 용기를 냈다. 그리고 나에게도 함께 찬양을 불러 달라고 부탁해 몇 차례 연습 끝에 함께 무대에 올랐다. 또 내가 속한 구역에서도 찬양과 율동을 준비했는데, 인원이 많지 않아 세 명만 참여하게 되었음에도, 정성껏 준비한 율동은 많은 성도들을 웃음짓게 했다.

비록 우리 교회 성도 수는 60여 명에 불과하지만, 그날의 예배와 찬양제는 대형 교회의 화려한 행사 못지않은 은혜와 기쁨이 넘쳤다. 하나님께 올려드린 예배와 찬양, 성도 간의 따뜻한 교제와 나눔 속에서 모두가 감사와 감격을 함께 누렸다.

이번 추수감사절은 단순히 한 해의 결실을 돌아보는 자리가 아니라, 작은 교회일지라도 감사와 은혜가 넘칠 수 있다는 사실을 다시금 깨닫게 해 주었다. 예배와 친교, 찬양으로 풍성하게 채워진 하루는 하나님께는 영광이 되고, 성도들에게는 감사와 기쁨으로 가득한, 잊지 못할 시간이 되었다.

내가 사랑한 교회,
그리고 나의 걸음

나는 어릴 때부터 다니던 고향 교회가 있다. 중학교를 졸업하고 고등학교에 진학하기 전까지 고향 교회에서 신앙생활을 했다. 어린 시절엔 마음속에 신앙이 깊이 자리 잡고 있진 않았지만, 어머니의 이끄심에 따라 교회를 빠지지 않고 잘 출석했다.

그러던 중, 중학교 3학년 겨울방학 때, 고향 교회에서 심령 대 부흥회가 열리게 되었다. 그때 나는 어머니를 따라 월요일 저녁부터 금요일 저녁까지, 새벽 5시, 오전 10시, 저녁 8시 예배를 단 한 번도 빠지지 않고 참석했다. 금요일 새벽기도회에 참석하던 중, 성령님께서 나의 마음을 어루만져 주시는 체험을 하게 되었다. 마룻바닥에 무릎을 꿇고 기도하던 중, 그동안 내가 지었던 모든 죄를 고백하고 회개하며 주님을 영접했고, 구원의 확신을 얻게 되었다. 내 인생의 가장 중요한 영적 전환점이었다.

그 교회는 바로 나의 고향 교회, 미대교회다. 집을 떠나 있다가도 고향을 방문하면 늘 그 교회에서 주일 예배를 드릴 수 있어 감사하다. 지금은 그 당시의 목사님은 아니시지만, 새로 오신 목사님과도

감사와 행복으로의 초대

좋은 관계를 유지하며 서로를 위해 기도할 수 있어 감사하다.

이후 나는 고등학교 진학을 위해 큰 도시로 가서 기숙사 생활을 하게 되었고, 그곳에서도 매주 주일성수를 잘 지켰다. 고등학교 3학년 때는 학생회 회장을 맡기도 했다.

그리고 1980년, 구미에 도착하면서 고향 교회와 같은 교단인 고신 교회를 찾다 지금의 구미 남교회를 만나게 되었다. 몇 년 전 개척된 이 교회는 아직 자체 건물이 없어서 상가 2층을 빌려 예배를 드리고 있었다. 그럼에도 나는 그곳에서 청년 시절과 신혼 시절을 보내며 내 신앙의 기초를 든든히 쌓을 수 있었다.

약 20년간 구미 남교회에서 신앙생활을 하며, 교회 건물 신축 과정에도 함께 참여했고, 성가대와 주일학교, 중고등부 교사, 중고등부 부장 등 다양한 봉사를 맡았다. 이후 안수집사로 임직받은 직후, 직장에서 주재원으로 발령을 받아 가족과 함께 미국 텍사스 남부로 이주하게 되었다.

나의 청년기와 30대를 신앙으로 이끌어 주었던 구미 남교회는 지금도 마음 깊이 감사한 교회로 남아 있다. 내가 떠난 이후에도 새로운 목사님이 부임하셔서 교회가 더 성장하고 발전해 가는 모습을 멀리서 지켜보며, "내가 섬겼던 교회가 하나님께 귀히 쓰임 받고 있구나" 하는 자랑스러움과 감사가 절로 들었다.

25년 전, 우리가 미국 남부에 도착했을 때 지역에 한인은 약 200명 정도였고, 교회는 단 하나뿐이었다. 그래서 우리는 맥알렌 한인교회에 등록했고, 당시 교인 수는 약 20명 남짓이었다. 작지만 따뜻한 교회에서 신앙생활을 이어갈 수 있었음에 감사했다.

이후 지역 한인 수가 늘어나면서 교회도 여러 개 생기게 되었다. 기존 교회가 성장하다가 분리되기도 했고, 분리된 교회에서 또 다른 교회가 생겨나기도 하며, 고신, 통합, 미국 장로교, 침례교, 초교파 등 다양한 교단의 교회들이 자리 잡게 되었다.

그러나 나는 미국에 처음 왔을 때 등록한 교회를 지금까지 25년째 변함없이 섬기고 있다. 그동안 교회에 여러 어려운 일이 있었지만, 나는 하나님의 말씀과 기도와 찬양으로 올바른 교회가 되기를 바라는 마음으로 인내하며 지금까지 함께 해왔다.

특히 올해 들어, 7년 전 떠났던 여러 가정이 다시 돌아오게 되어, 하나님께 더욱 큰 감사를 드리게 되었다.

어제는 예수님의 부활을 기념하는 부활주일 예배와 성찬식이 은혜롭게 잘 진행되어 감사한 하루였다. 또한 올해 우리 교회에 두 명의 아기가 태어날 예정이라는 소식을 들으니, 새 생명을 허락하신 하나님께 자연스럽게 감사의 고백이 흘러나온다.

비록 대도시의 대형 교회는 아니지만, 말씀 가운데 행복해하는 성도들이 모인 교회, 교회에 오고 싶은 마음이 드는 교회로 성장해 가는 우리 교회의 모습에 감사하며, 하나님께 영광을 올려드린다.

나는 한 번 마음을 정하면 어떤 어려움이 있어도 쉽게 흔들리지 않고 끝까지 지켜 나가는 인내와 집념을 가진 사람이다. 그래서 오늘은 그런 나 자신을 살짝 칭찬해 주고 싶다.

그리고 나를 아껴주고 사랑해 주시는 하나님의 마음을 담아, 내가 속한 공동체와 사랑이 필요한 이웃들에게 하나님의 사랑과 나의 작은 사랑을 기꺼이 흘려보내는 사람이 되기를 소망해 본다.

행복한 주일 저녁,
아직도 남아 있는 감동

몇 년 전, 내가 다니는 교회에 젊은 남녀 두 명이 큰 도시에서 이사 와서 정착하게 되었다. 두 사람은 함께 살고 있었지만, 아직 결혼하지 않은 상태였다. 남자 청년은 치과의사였고, 여자 청년은 식당 운영 경험이 있는 사람이었다.

하지만 남자 청년의 부모님이 두 사람의 결혼을 반대하셨고, 그로 인해 그는 부모님이 계신 큰 도시를 떠나 사랑하는 사람과 함께 이곳으로 오게 된 것이었다. 이곳에서 직장을 구한 후, 두 사람은 우리 교회에 등록하게 되었다.

나는 그 두 청년을 텍사스 전통 스테이크 식당으로 초대하여 아내와 함께 넷이 식사하며 많은 이야기를 나눴다. 결혼하고 싶어도 부모님의 반대로 결혼을 미루고 있다는 말을 듣고는 안타까운 마음이 들었다. 그러나 무엇보다도 중요한 건 두 사람의 서로를 향한 사랑이었다. 평생 아끼고 사랑할 수 있는 사이라면, 부모님께 진심을 다해 말씀드려 보라고 조언했다.

그 후 남자 청년은 직장 출근까지 몇 개월이 걸린다는 이야기를 남기고, 다시 부모님이 계신 큰 도시로 돌아갔다. 여자 청년도 함께 그곳으로 갔고, 그곳에서 파스타 전문 레스토랑을 열어 즐겁게 운영하고 있었다. 몇 개월이 지나, 남자 청년의 출근 날짜가 확정되자 두 사람은 다시 이곳으로 돌아왔다. 그러던 중, 여자 청년은 이 지역에서 대형 고깃집을 열고 싶다며 이미 건물 계약서에 사인할 예정이라고 이야기했다. 그 소식을 수요예배 후 집으로 가기 전 들었는데, 나는 계약 전에 몇 가지를 물어보았다.

위치가 어디인지, 월세가 얼마인지 물어보니, 생각보다 월세가 높았고 위치도 좋지 않았다. 아직 이곳 사정을 잘 모르고 성급하게 결정하려는 것 같았다. 나는 식당 운영에서 가장 중요한 것은 입지 조건이라고 설명했고, 계약을 보류하고 이 지역에서 오랫동안 식당을 운영해 온 사장님을 먼저 만나 보자고 제안했다. 그녀는 흔쾌히 받아들였다.

다음 날 나는 지역의 오랜 식당 운영자분과 커피숍에서 만남을 주선했고, 그분 역시 내가 느낀 것과 같은 의견을 주셨다. 결국 두 청년은 그 계약하지 않기로 하고, 더 나은 장소를 찾기로 했다.

몇 개월이 흐른 후, 두 사람은 한국에 가서 결혼식을 올리고 다시 돌아왔다. 여자 청년은 식당 창업은 잠시 미루고 아이를 먼저 갖고 싶다고 생각하고 있었다. 나는 그 생각이 참으로 잘한 결정이라고 칭찬해 주었다. 남편은 치과에서 열심히 일하고 있고, 아내는 우리 교회 찬양팀 리더로서 매 주일 은혜로운 찬양을 인도하고 있다.

얼마 전, 이 젊은 부부는 새로운 집을 구입했고, 어제저녁에는 목사님 부부와 우리 부부를 초대하여 심방 예배와 만찬을 함께 나누었다. 젊은 부부가 정성껏 준비한 식탁을 보고 깜짝 놀랐다. 접시에는 스테이크와 스칼럽(관자), 해산물, 다양한 야채, 고급스러운 수프까지 정갈하게 준비되어 있었다. 미국에 와서 가정집에서 이렇게 고급스러운 만찬을 대접받은 것은 처음이었다.

음식을 맛있게 먹고 나서 나는 세 가지 칭찬을 전했다. 첫째, 결혼을 정말 잘했다는 것. 아이를 낳고 나면 양가 부모님께 더 큰 사랑을 받을 것이라고 말했다. 둘째, 식당 계약을 하지 않고 나의 조언을 경청해 준 것에 대해 감사를 전했다. 그러자 오히려 자신들이 고맙다며, 내 말 덕분에 성급한 결정을 피할 수 있었다고 인사했다. 셋째, 교회에서 찬양팀을 조직하고 은혜로운 찬양으로 하나님께 영광을 돌리는 모습이 참으로 귀하고 감동적이라는 점을 칭찬했다.

나는 이 젊은 부부가 찬양하는 모습을 볼 때마다 큰 은혜를 받고, 자주 감격의 눈물을 흘릴 만큼 마음이 뜨거워진다. 이처럼 귀한 젊은 이들이 모여드는 우리 교회가 참으로 자랑스럽다.

앞으로도 더 많은 청년이 함께하길 소망한다. 행복한 주일 저녁 만찬의 감동이 아직도 마음 깊이 남아 있어 참으로 감사하고, 무엇보다도 행복하다.

미국의 시골 교회로
단기선교 가는 청년들

　여름 방학이 되면 많은 교회들이 단기선교 팀을 구성하여 해외로 나가 선교 활동을 하곤 한다. 단기선교는 전도 및 복음 전파, 의료와 위생 사역, 어린이와 청소년 사역, 봉사와 건축 사역 등 다양한 프로 그램을 미리 준비하여 출발하는 경우가 많다. 그런데 해외가 아닌, 미국 내 시골의 작은 교회를 찾아가 단기선교 활동을 하는 귀한 사례 가 있어 소개하고자 한다.

　텍사스 샌안토니오 온누리교회(담임 박한덕 목사) 청년들을 중심으로 구성된 단기선교 팀 15명은 청년부 디렉터 주영중 장로의 인솔로, 2025년 5월 22일부터 25일까지(3박 4일) 멕시코 국경 지역에 있는 텍사 스 남부 맥알렌 한인교회(담임 권영배 목사)에서 단기선교 활동을 펼쳤다.

　처음에 맥알렌 한인교회 담임 목사는 해외 한인장로회 총회 참석차 한국에 머무르던 중, 단기선교 팀이 방문하고 싶다는 연락을 받았다. 짧은 시간 안에 여러 가지 준비를 하기 어려워 거절하려 했으나, 기 도 중에 선교팀과 화상 통화를 하면서 하나님의 인도하심을 느끼고 결국 수락했다고 한다. 또한 숙박 장소가 문제였는데, 지역에서 에어

　감사와 행복으로의 초대

비앤비를 운영하는 한 사업가가 방 다섯 개가 있는 2층 건물 전체를 무료로 제공해 주어 하나님의 섭리로 해결되었다.

이번 단기선교 팀은 다섯 가지 분야로 사역을 나누어 진행했다.

첫째, 샌안토니오 온누리교회와 맥알렌 한인교회 청년부가 함께 연합 수련회를 열어 매일 예배와 성경 공부를 통해 영적 성장을 경험했다. 둘째, 전도팀은 한인 마트와 식당 등을 매일 방문하며 복음을 전했다. 셋째, 두 교회의 찬양팀은 연합 찬양을 준비하여 맥알렌 한인교회 창립 40주년 기념 예배에서 특별 찬양을 드렸고, 지역 이웃과 가족들을 초청해 교제와 식사도 나누었다. 넷째, 미디어팀은 기존 아날로그 음향 장비를 신형 디지털 장비로 교체하여 예배 환경을 개선했다. 다섯째, 시설 봉사팀은 주차장 선 긋기와 교회 건물 일부 수리 작업을 도왔다.

짧은 3박 4일이었지만, 해외가 아닌 미국 내 시골 교회를 찾아가 그 교회가 필요로 했으나 여건상 하지 못했던 일들을 도와주었고, 청년들이 함께 연합하며 영적으로 성장하는 귀한 시간이 되었다. 단기선교에 참여한 청년들은 "아주 뜻깊은 선교였다"라고 입을 모았다. 또한 일회성으로 끝나는 것이 아니라 앞으로도 두 교회 청년이 지속적인 연합 활동을 이어가길 원한다고 밝혔다.

해외 단기선교는 비용과 여건 때문에 많은 인원이 참여하기 어렵다. 그러나 미국 내 시골 교회를 찾아가 사역하면 약한 교회의 필요를 실제로 채워줄 수 있고, 동시에 청년들의 신앙을 한 단계 성장시킬 수 있다. 보내는 교회와 받는 교회 모두가 기쁨으로 참여할 수 있는 이러한 미국 내 단기선교는, 청년들의 미래 지향적인 선교 활동의 좋은 모델이 될 것이다.

창립 40주년 은혜로운 부흥성회

교회 창립 40주년 기념 부흥성회가 내가 출석 중인 맥알렌 한인교회(담임 권영배 목사)에서 2025년 9월 18일 저녁부터 21일 주일 대예배까지 총 다섯 차례 열렸다. 강사로는 한국 석천제일교회 담임 최동주 목사님을 초빙하였다. 부흥회를 시작하기 전, 한국에서 미국까지 직접 오신 강사 목사님 부부와 담임 목사님 부부를 모시고 미국 전통 스테이크 식당에서 함께 점심을 했다.

보통 외부에서 오시는 강사 목사님에 대해서는 미리 SNS를 통해 알아보곤 했지만, 이번에는 일부러 찾아보지 않았다. 선입견을 품기보다는 직접 만나 뵙고 대화를 나누면서 알아가는 것이 더 좋겠다는 마음이 들었기 때문이다. 처음 식사를 함께하며 대화를 나누었을 때, 목사님이 어떤 분이신지 알기에는 시간이 너무 짧다는 생각이 들었다.

목요일 저녁 첫 부흥성회가 시작되기 전, 교회 집사님 한 분이 나에게 물었다.

"오늘 점심때 만나 뵌 강사님은 어떠셨어요?"

감사와 행복으로의 초대

그때 내 입에서 자연스럽게 나온 대답은 조금 겸연쩍은 것이었다.

"제가 목사님이 어떤 분이라고 설명하기보다는 직접 설교 말씀을 들어보시고 느끼시는 게 좋지 않을까요?"

사람마다 판단 기준이 다르기에 내 생각을 전달하기보다는, 직접 말씀을 듣고 스스로 느끼는 것이 더 옳다고 여겼다. 게다가 짧은 점심시간으로는 목사님을 충분히 알 수 없었기 때문이다.

드디어 부흥회 첫날 저녁, 찬양팀의 인도로 뜨겁게 찬양을 드린 후 강사 목사님의 말씀을 들으며 우리는 은혜의 장으로 들어갔다. 강사 목사님은 원래 독실한 불교 가정에서 태어난 셋째 아들로, 한때 기독교 신자들을 강하게 비판하던 분이었다. 그러나 죽음이라는 문제 앞에서 깊은 고민에 빠지게 되었다.

특히 친동생처럼 가깝게 지내던 사람이 결혼 후 아내의 출산을 앞두고 있었는데, 산모가 진통에 들어갔다는 소식을 듣고 급히 오토바이를 타고 달려가던 중, 그만 교통사고로 세상을 떠나고 말았다. 그 갑작스러운 죽음을 통해 그는 자신이 믿던 종교가 죽음의 해답을 주지 못한다는 사실을 깨닫게 되었고, 윤회설로는 설명할 수 없는 한계를 느끼며 기독교에 관심을 가지기 시작했다. 그때부터 성경을 읽고 말씀에 귀 기울이며 영원한 생명에 대한 진리를 깨닫고 예수를 믿게 되었다. 이후 20대 후반 늦은 나이에 신학교에 입학해 공부를 마치고 목회자가 되었으며, 한 교회를 31년 6개월 동안 시무한 후 은퇴를 앞두고 있다.

강사 목사님은 성경 말씀을 중심으로, 자신의 체험과 여러 간증을 나누며 설교를 이어가셨다. 중간중간 직접 찬양을 부르며 성회를 인도하는 모습은 큰 은혜를 더했다. 한 시간 반의 설교가 금세 지나가는 듯했고, 특히 성령님의 임재하심이 크게 느껴지는 순간들이 있었다. 목사님의 간증을 통해 성령 충만한 삶, 금식하며 깊은 기도로 하나님께 나아가는 삶을 들을 수 있었고, 그 속에서 일어난 많은 성령의 역사를 생생히 확인할 수 있었다. 다섯 번의 부흥성회 예배 시간마다 눈물이 눈가에 고였고, 많은 성도가 손수건으로 눈물을 닦는 모습을 볼 수 있을 만큼 참으로 큰 은혜의 시간이었음을 고백한다.

강사 목사님은 은퇴를 준비하며 자신이 시무하던 교회의 후임 목사님을 이미 정해 놓으셨다. 은퇴 이후에는 한국과 미국, 그리고 세계 어디에서든 복음을 전하며 하나님께 받은 은사로 많은 이들에게 선한 영향력을 끼치고, 오직 하나님의 영광을 높이는 삶을 살아가실 분으로 느껴졌다.

이번 맥알렌 한인교회 창립 40주년 기념 부흥성회를 통해, 하나님께서 앞으로의 40년 동안 우리 교회에 맡기신 사명을 더욱 크고 넓게 이루실 것이라는 확신을 갖게 되었다. 귀하신 목사님을 통해 받은 은혜와 감동으로 인해 하나님께 진심으로 감사의 마음을 드리게 된, 참으로 감동과 감격이 넘치는 부흥성회였다.

여호와 이레의 하나님이심을
고백할 수밖에

때로는 우리의 계획이 뜻대로 되지 않아도, 그 길 끝에서 하나님은 늘 가장 좋은 길을 예비해 두신다. 우연처럼 보이는 만남 속에서도 하나님의 섭리와 간섭하심을 깨달을 때, 우리는 "여호와 이레의 하나님"을 고백할 수밖에 없다.

최근 내가 출석 중인 교회와 이웃 교회가 한 달 간격으로 심령 대부흥회를 열게 되었다. 우리 교회는 지난 9월에, 이웃 교회는 지난 주말에 부흥회를 하게 되었다. 우리 교회에서 부흥회를 진행할 때부터 세 교회가 연합하여 성도들이 함께 참여해 은혜를 나누기로 했고, 목사님들도 서로 다른 교회에서 대표 기도를 맡기로 하여 그렇게 진행되었다.

그래서 지난 주말, 이웃 교회에서 열린 부흥회 첫날(금요일 저녁)에 우리 교회 담임목사님이 대표 기도를 하시게 되어 나도 참석하게 되었다. 사실 은혜를 사모하는 마음이라기보다, 지난번 우리 교회 부흥회 때 이웃 교회 성도들이 찾아와 주었던 것이 생각나 "나도 그 마음에 보답해야겠다"라는 의무감으로 참석하게 되었다.

첫날 집회에서 강사 목사님은 원고를 거의 보지 않으시고 성경 말씀과 다양한 간증, 예화를 들어 약 한 시간 동안 설교를 하셨다. 나는 "어떻게 저렇게 원고를 보지 않고 말씀을 전하실까?" 하는 마음으로 유심히 바라보았다. 설교 제목은 "예루살렘을 사랑하는 자는 형통하리라"였다. 목사님은 '예루살렘'이라는 단어 대신 각자의 이름, 그리고 교회의 이름을 넣어 찬양하고 말씀을 선포하시며 은혜의 시간을 이끌어 가셨다.

예배를 마치고 인사하는 중에 처음 뵙는 한 노년의 부부와 잠시 인사를 나누게 되었다. 자신들을 "멕시코 선교를 하는 사람들"이라고 소개하셨다. 길게 대화를 나눌 시간은 없었기에 인사만 나누고 헤어졌다.

다음날 토요일 저녁에도 부흥회가 예정되어 있었지만, 참석할지 잠시 망설였다. 하루 종일 바쁘게 지냈고, 아내가 어깨 회전근개 질환으로 치료 중이라 저녁 식사 준비 부담을 덜기 위해 함께 외식했다. 그래서 시간이 조금 늦었고, 마음도 약간 머뭇거렸다. 더구나 아내는 집에서 쉬어야 하기에 나 혼자 가야 했다.

그때 마음속에 성령님께서 "어제 만난 그 노부부 선교사님을 다시 한번 만나보라"라는 감동을 주셨다. 그래서 나는 그분들을 다시 만나고 싶은 마음으로 부흥회 이튿날에도 참석하게 되었다.

이번에도 강사 목사님은 원고를 가지고 오셨지만 거의 보지 않고 말씀을 전하셨다. 나는 원고를 보지 않고 설교하시는 목사님을 보면 늘 존경심이 든다. 얼마나 하나님으로부터 귀한 은사와 기억력을 받으셨기에, 원고를 거의 보지 않고 성도들의 모습을 보며 말씀을 전하실 수 있을까 하는 마음에서다. 설교 제목은 "지팡이 짚을 힘만 있어

감사와 행복으로의 초대

도"였다. 어떤 내용일지 궁금했는데, 설교가 거의 마무리될 때까지도 왜 이런 제목인지 감이 오지 않았다.

마지막 부분에 이르러 그 이유를 설명하셨다. 야곱이 지팡이를 짚을 힘만 있어도 하나님을 경배한 것처럼, 우리도 지팡이를 짚을 힘만 있어도 예배에 나와야 한다는 메시지였다. 나는 이 말씀을 들으며 평소 자녀들에게 강조하던 신앙관과 같은 맥락임을 깨닫고 큰 은혜를 받았다.

"아파서 병원에 입원하지 않은 이상, 어떤 일이 있어도 주일 예배는 지켜야 한다."

내가 늘 그렇게 가르쳐 왔기에, 그 말씀은 내 신앙의 뿌리를 다시 확인하게 해 주는 귀한 시간이 되었다.

강사 목사님은 알칸사 제자들교회(담임 전남수 목사)를 23년 전에 개척하시어 지금까지 담임목사로 시무하고 계신다. 이민 교회로서는 보기 드물게 건강하고 성공적인 목회를 이어가고 계신 모습을 볼 수 있었다.

특히 예배의 중요성을 강조하시고, 거룩한 주일을 안식일로 잘 지키며, 십일조 생활의 원칙을 성도들에게 철저히 가르치심으로써 하나님께서 주시는 축복의 원리를 신앙적으로 잘 인도해 오고 계셨다. 그 결과 교회는 건강하게 성장하고, 목회자는 행복하게 사역하는 아름다운 공동체로 자리 잡았다. 그 모습을 보며 참으로 귀하고 복된 교회라는 생각이 절로 들었다.

예배 후 친교 시간에 나는 어제 뵈었던 그 노부부 선교사님을 다시 만나 연락처를 주고받았다. 그리고 조만간 다시 만나기로 약속했다. 그분들은 이웃 교회 출석하시는 분이 아니라 남미와 멕시코 지역에서 약 30년간 선교 활동을 하셨고, 지금은 미국 국경 도시에서 거주하시며 현지 신학교에서 강의도 하신다고 했다. 주일에는 멕시칸 교회에 참석하며 여전히 활발히 사역 중이신 분이었다.

올해 들어 하나님께서 나에게 세 분의 선교사님을 우연처럼 만나게 하셨다. 한 분은 40년 넘게 사역하시다 은퇴하신 분, 또 한 분은 23년째 사역 중이신 분, 그리고 이번에 새로 알게 된 분은 30년 넘게 선교 현장에서 헌신해 오신 분이다.

세 분 모두 남미와 멕시코에서 선교 사역을 감당해 오셨지만, 사역 지역이 달라 서로는 잘 알지 못하신다. 그래서 나는 조만간 세 분을 한 자리에 초대해 점심 식사를 함께하며, 선교의 여정과 하나님의 역사하심을 나누고 싶다는 마음이 들었다.

참으로 하나님의 간섭하심과 섭리하심은 인간의 생각으로 다 헤아릴 수 없을 때가 많다. 작년에는 가까이 지내던 이웃 교회의 은퇴 목사님과 또 한 분의 목사님과 함께 멕시코 내륙의 인디오 마을 선교지 지원에 대해 여러 차례 이야기를 나누고 실제로 돕기도 했다. 그러나 두 분 모두 하나님의 부르심을 받으셔서, 마음 한편이 참 아프고 허전했다.

그런데 올해는 이렇게 세 분의 귀한 선교사님을 만나게 하시고, 함께 교제하며 선교의 열정을 다시금 느끼게 하신 하나님의 섭리를 생각할 때, "여호와 이레의 하나님이심을 고백하지 않을 수 없는" 은혜를 깊이 느낀다.

앞으로 세 분의 선교사님과의 만남을 통해 하나님께서 어떤 새로운 길을 예비해 두셨을지, 어떤 섭리로 이끌어 가실지 기대가 된다. 아마도 다시금 멕시코 국경 지역의 선교 사역에 작은 도구로 사용될 날

감사와 행복으로의 초대

이 오지 않을까, 조심스레 기다려 본다.

　오늘 아침, 그 모든 일을 묵상하며 다시금 감사의 고백이 입술에서 흘러나왔다. 참으로 감사하고 또 감사한 마음 가득한 아침을 주신 하나님께 감사드리며, 오늘도 선교의 열정을 힘차게 불태우시던 그분들과의 만남을 기다리는 마음이 부풀었다.

비전을 품고 살아가는 삶

배가 항해를 하려면 어떤 지점의 목적지가 있어야 그 목적지를 향해 끊임없이 나아갈 수 있을 것이다. 만약 목적지가 없다면 그 배는 늘 바다 위에서 표류하며 갈 곳 없이 방황하게 될 것이다. 우리 인생도 마찬가지다. 자신의 인생에도 목적지를 정하고, 그 목적지를 향해 살아가야 한다. 그 인생의 목적지가 바로 우리의 비전이 될 수 있다.

비전은 우리 인생을 장기적인 관점에서 바라보는 목표이며, 몇십 년 후의 미래 모습이기도 하다. 물론 믿는 사람이라면 죽음 이후 천국에 간다는 천국 소망은 누구나 당연히 가져야 한다. 그리고 이 땅에서 살아가는 동안에도 우리는 반드시 비전을 품고 살아가야 한다.

만약 비전 없이 살아간다면, 그것은 마치 넓은 바다 위에서 표류하는 배처럼 갈 방향을 잃고 떠다니는 삶과도 같다.

우리는 반드시 비전을 가지고, 그 비전을 이루기 위해 달려가는 삶을 살아야 한다. 하나님께서는 우리를 통해 이루고자 하시는 그 비전을 실현할 수 있도록 힘과 능력을 이미 주셨다. 그러나 문제는 많은 사람들이 비전 없이 살아간다는 점이다.

특히 많은 이들이 나이가 들면 "이제 나는 은퇴했다"라며 인생을 마무리하려 한다. 그러나 우리의 꿈과 비전은 단순히 은퇴로 끝나서는 안 된다.

빌립보서 2장 13절에서는 이렇게 말씀하고 있다.

"너희 안에 행하시는 이는 하나님이시니, 자기의 기쁘신 뜻을 위하여 너희로 소원을 두고 행하게 하시나니."

하나님께서는 우리에게 단지 우리의 힘과 노력만으로 살도록 내버려두지 않으시고, 늘 함께하시는 분이시다.

성령님께서는 우리로 하여금 하나님의 기쁘신 뜻을 따라 살아가도록 마음속에 소원을 주신다. 그리고 그 뜻이 무엇인지를 알게 하시며, 그 일을 이루고자 하는 열망을 심어주신다.

그러므로 우리는 하나님을 기쁘시게 해드릴 비전을 찾아, 그 비전을 이루어 가는 삶을 살아야 한다. 하나님께 간절히 기도하면, 성령님께서 도와주셔서 우리 각자에게 맞는 비전을 찾게 하신다. 그래서 우리는 항상 깨어 기도하는 삶을 살아야 한다.

요엘서 2장 28절에서는 이렇게 말씀하신다.

"그 후에 내가 내 영을 모든 사람에게 부어 주겠다. 너희 자녀들은 예언할 것이며, 너희 노인들은 꿈을 꾸고, 너희 청년들은 환상을 볼 것이다."

이처럼 우리에게 성령이 임하시면, 어린 자녀들이나 청년들, 노인에 이르기까지 누구든지 꿈을 꾸고, 장래에 하나님을 기쁘시게 할 비전을 품고 살아갈 수 있게 된다.

우리는 자기 자신만을 위한 삶을 넘어서, 더 크고 넓은 시야로 세상을 바라보며, 하나님이 기뻐하실 일들을 위한 목표를 세우고, 그 비전을 이루기 위해 끊임없이 앞으로 나아가야 한다.

그래서 결국 우리는 더욱 행복한 인생을 살아가는 사람이 되기를 소망해 본다.

감사와 행복으로의 초대

나의 마음에 하나님과 함께한
비전을 싹트게 해 준 곳

나는 약 25년 전부터 멕시코 레이노사에 있는 아주 가난하고 영세한 지역의 한 조그마한 현지 교회를 방문하기 시작했다. 약 10년 이상, 매년 봄 어린이 주일과 겨울 크리스마스쯤 주일 오후에 그 교회를 방문하여 함께 예배를 드렸다.

그 교회를 찾을 때면, 내 가족 -아내와 두 딸, 아들 하나- 모두가 함께 텍사스 남부 국경 도시에서 차로 약 1시간 거리인 멕시코 레이노사 외곽의 영세 지역 마을을 방문하곤 했다. 어린이들에게 나누어 줄 다양한 선물과 교회 건축을 위한 선교 헌금을 함께 준비해 갔다.

어린이 선물은 자녀들과 함께 나누었고, 선교 지원금은 교회 건축에 보탬이 되기를 바라는 마음으로 전달하였다.

처음 방문했을 당시에는 목사님 부부와 자녀 다섯, 일곱 식구가 함께 예배를 드리고 있었고, 교인 수도 몇 명 되지 않았다. 하지만 그들의 예배 모습에는 성령의 감동이 깊이 느껴졌다.

그 이후로 매년 두 차례씩 방문하면서, 교회 건물의 벽돌이 한 장 한 장 올라가고, 창문이 달리고, 주일학교를 위한 2층 건물이 세워지는 모습을 직접 목격할 수 있었다. 비록 적은 금액의 선교 지원이었지만, 교회가 천천히 완성되어 가고, 교인 수도 점점 늘어나면서 건강하게 성장해 가는 모습은 큰 감동이었다.

특히 우리 가족이 함께 그 교회를 방문하여 예배드릴 때, 하나님께서 주시는 성령의 감동과 감화로 눈물을 흘리며 뜨겁게 찬양하는 성도들과 함께한 시간은 정말 행복하고 잊을 수 없는 예배의 순간들이었다.

자녀들 또한 엄마 아빠를 따라 그 교회에 가서 예배드리고, 또래 아이들과 교류하며 그들의 가정을 방문하는 활동을 무척 좋아했다. 열악한 환경에서 살아가는 또래 친구들의 집을 직접 방문해 본 자녀들은, 집으로 돌아온 후 마음에 큰 변화를 경험했고, 더 깊은 감사와 고마움을 느끼게 되었다.

이제 그 자녀들도 성장하여 학업을 마치고 사회인이 되었으며, 믿음 안에서 아름다운 가정을 이루었다.

25년 전, 작은 건물에 소수의 교인이 모여 예배드리던 그 교회는 이제 큰 새 건물을 짓고, 수많은 성도가 함께 예배드리는 교회로 성장했다. 참으로 감동적이다.

지난 주일, 그 교회는 설립 25주년 기념 예배를 드렸다. 나에게도 초청장을 보내와 참석을 요청했지만, 나는 글로벌 온라인 공동체 줌 화상 예배에서 설교 순서가 있어 함께하지는 못했다. 대신 메시지와 사진을 보내드렸다.

그랬더니 25주년 기념 순서 중 내 사진을 화면에 띄우고, 내가 보낸 메시지를 읽으며 온 교회가 함께한 장면을 사진으로 보내주었다.

나는 이 교회와 오랜 시간 함께하며 목사님과 가족들과도 많은 정

감사와 행복으로의 초대

이 들었다. 교회가 건강하게 성장하는 모습을 바라보며, 하나님과 목사님 가족들께 진심으로 감사한 마음이 들었다.

나만을 위한, 나 중심적인 삶의 방식에서 벗어나, 남을 돕고 선교하고 싶은 마음을 나에게 싹트게 해 준 이 교회는 평생 잊을 수 없는, 내 마음의 영원한 동반자 같은 존재이다.

이 모든 일을 통해 하나님께서 영광을 받아 주시옵소서.

주님, 알아서 해 주세요

　25년 전, 멕시코 국경과 맞닿은 미국 텍사스 남부의 작은 도시 미션(Mission) 시가 나의 첫 미국 정착지가 되었다. 세월이 흘러 어느덧 25년이 지난 지금도 나는 여전히 이곳에 살고 있다. 그 당시 나는 월요일부터 금요일까지 매일 미국에서 멕시코로 출퇴근하며 국경을 넘나들어야 했다. 회사 본사는 한국에 있었지만, 미국 법인은 멕시코에 공장을 두고 텔레비전을 생산했기에, 생활은 미국에서 하고 일은 멕시코에서 하게 되었다.

　그 무렵 나는 우연히 멕시코 레이노사시의 한 빈민촌 교회를 방문하게 되었고, 그곳에서 선교 지원의 필요성을 깊이 느끼게 되었다. 그 후 약 10년 동안 매년 두 차례 온 가족이 함께 그 교회를 찾아가고, 개인적으로도 선교 지원을 이어갔다. 그렇게 드린 지원은 교회 건물의 벽돌 한 장, 한 장이 되었고, 교회가 점차 세워져 가는 모습을 지켜보면서 내 마음에는 감사가 넘쳤다. 그 경험은 결국 내가 자비량 선교회를 세우고, 미국 비영리 재단에 등록하여 여러 선교지로 선교비를 보내는 계기가 되었다. 그중에는 유럽의 어느 국가 선교지도 포함되어 있었다.

그곳의 선교사님은 분기마다 사역 소식을 보내주었고, 나는 그곳에서 전해온 사진들을 선교회 웹사이트에 올려 함께 나누었다. 그런데 작년에 문제가 생겼다. 그들이 보내온 사진 두 장에 대해 어느 언론사가 저작권을 주장하며 비용을 요구하는 청구서를 보내온 것이다. 나는 여러 경로로 확인해 본 결과 스팸이라 생각하고 무시했다. 실제로 두 번의 우편 이후 더 이상 연락이 없어 '역시 스팸이었구나' 하고 잊고 있었다.

하지만 올해, 같은 내용의 청구서가 이번에는 변호사 사무실 명의로 도착했다. 게다가 처음 청구액의 다섯 배나 되는 금액을 요구하고 있었다. 순간 머리 뒤가 멍해졌다. "이게 도대체 뭐지?" 하는 생각에 서류를 꼼꼼히 읽어보고 지인들에게도 물어보았다. 그리고 AI에게 서류를 보여 주고 사실 여부를 확인해 보았다. AI는 그것이 실제 변호사 사무실에서 보낸 진짜 청구서임을 알려주었다. 그 순간 마음이 무겁게 가라앉았다.

나는 하나님께 기도하기 시작했다.

"주님, 이 일은 제가 잘못한 것이 아닙니다. 선교지에서 보내온 사진을 단순히 웹사이트에 올렸을 뿐인데, 이렇게 큰 금액을 지불해야 합니까? 차라리 그 돈을 내는 대신 선교지로 보내겠습니다. 주님, 이 일을 오직 하나님께 맡기고 나아가겠습니다."

그러면서도 어떻게 대응할지 고민했다. 변호사를 선임할까, 다른 방법이 있을까? 결국 하나님께서 주시는 지혜라 믿고, AI를 변호사처럼 활용하기로 했다. 관련 자료를 정리해 서류를 준비하고, 우편이 아닌 이메일로 답변을 보냈다. 곧바로 회신이 왔는데, 우리의 의도가 상업적이지 않더라도 이미지를 허락 없이 사용한 대가를 지불해야 한다는 내용이었다.

그래서 나는 다시 AI와 함께 대응 서류를 준비했다. 선교회가 비영리 재단임을 증명하는 서류, 선교회 은행 잔고 내역을 포함해 지불능력이 없음을 알렸다. 그리고 유럽 선교지에 대한 모든 사진과 내용을 선교회 웹사이트에서 삭제했다. 그리고 전액 면제를 요청했으나, 그쪽에서 20% 감액을 제시했고, 이어서 40%까지 줄여 주겠다고 했다. 하지만 나는 여전히 지불할 수 없음을 알렸고, 청구 금액의 5% 정도라면 낼 수 있다고 회신했다. 그러나 상대방은 금액이 터무니없이 낮다며 망설였는지, 2개월 동안 더 이상 연락이 오지 않았다.

다시 AI에게 물어보니, 이 경우는 상대방이 사실상 포기했거나 다른 일에 우선순위를 두고 보류한 것일 가능성이 크다는 답변을 받았다. 그래서 법정으로 갈 확률은 거의 없어졌다고 했다. 나는 올해 안으로 아무 연락이 오지 않는다면, 그만큼의 금액을 마련해 선교지에 보내야겠다고 다짐하게 되었다.

이 일을 통해 나는 하나님께 감사한 마음을 품게 되었다. 뜻밖의 어려움 속에서도 하나님의 섬세한 섭리를 경험했고, 결국 나의 인생 모든 문제는 하나님께 맡길 수밖에 없음을 다시 깨달았다. 오늘도 나는 그분의 힘과 능력을 믿으며, 하나님과 동행하는 삶을 살아가기를 다짐한다.

　　　　　　　　　감사와 행복으로의 초대

지난 한 해를 돌아보며,
감사와 비전을 품다

지난 한 해를 돌아보며 자비량 선교회로 섬기고 있는 G2G 선교회의 발자취를 기록해 보았다. 남들의 도움을 받고 거창하게 하기보다는 하나님께서 허락해 주시는 대로 그저 조용히 한 걸음씩 앞으로 나아가는 것이 내게는 더 평안하다. 그런 마음으로 선교 지원 활동을 감당할 수 있음이 참으로 감사하다.

4년 전부터 멕시코 과달라하라 지역의 인디오 마을 교회 건축을 지원하기 시작했는데, 지금까지 두 개 교회가 완공되어 현지 목회자들이 목회를 잘 이어갈 수 있게 된 것은 큰 감사의 제목이다. 또 작년부터는 다른 인디오 마을의 교회 건축을 돕고 있는데, 금년 안에는 예배당이 완성될 것으로 기대된다. 아울러 멕시코 인디오 마을의 청소년 교육과 가정교회 목회자 훈련을 위한 숙박 시설을 갖춘 선교센터 건축의 비전도 주셔서 기도로 준비 중이다.

내가 한 번에 많은 지원을 할 수는 없지만, 하나님께서 주시는 대로 조금씩 감당하고 있다. 또한 현지 한인 선교사님의 기도와 다른 분들의 동역으로 연합하여, 비록 더딜지라도 한 걸음씩 앞으로 나아갈 수 있음이 감사하다.

코로나로 인해 대면 예배가 어려웠던 시기에는 온라인 줌 화상 설교로 섬겼다. 작년 4월 말까지 그 사역을 이어오다가 이후에는 설교 준비가 필요하지 않게 되어, 매월 독서에 더 집중할 수 있었다. 읽은 책을 정리해 "이훈구의 독서 리뷰"라는 칼럼으로 미국 코리안 저널 텍사스 주간신문에 격주로 게재할 수 있었는데, 독서를 즐기며 많은 이들과 책 내용을 나눌 수 있어 큰 기쁨과 감사가 있었다.

작년에는 자녀 교육·결혼 세미나를 통해 한 가정이 다시 교회에 잘 출석하게 되었고, 온 가족이 교회 활동에 열심히 참여하는 모습이 매우 보기에 좋았다. 아내는 찬양팀에서 섬기고, 남편은 점심 친교 당번으로 직접 음식을 만들어 교인들과 나누며, 딸은 주일학교에 열심히 출석하며 기뻐하는 모습이 흐뭇했다. 또한 휴스턴 한인 중앙장로교회에서 자녀 교육·결혼 관련 간증 설교를 할 수 있었던 것도 감사한 일이었다. 담임목사님은 오랜 기간 교회를 섬기며 건강하게 성장시켜 오셨고, 이제 정년을 앞두고 계셨지만, 여전히 겸손과 성실로 목회하시는 모습에서 깊은 존경심을 느낄 수 있었다. 그런 교회에서 간증 설교를 할 수 있었던 것은 더욱 큰 은혜였다.

나는 『감사 나눔의 기적』이라는 책을 읽고 감사에 눈을 뜬 후, 여러 권의 감사 관련 책들을 읽으며 감사의 중요성을 더욱 깨닫게 되었다. 또한 감사 일기를 꾸준히 쓰면서 SNS를 통해 나눌 수 있었던 것도 감사하다. 누군가에게 감사의 마음을 표현하면 상대방도 기뻐하고 나도 기쁘다는 사실을 확실히 체험하면서, 감사가 얼마나 필요한지 새삼 깨닫게 되었다. 자신에게도 감사할 때 삶은 더욱 즐겁고 행복해진다.

이제 내년에는 '감사와 행복 그리고 축복'이라는 주제로 세미나와

감사와 행복으로의 초대

간증 설교를 준비하고 있다. 성경은 우리에게 범사에 감사하라고 하시며, 그것이 하나님의 뜻임을 말씀하신다. 기쁠 때나 슬플 때, 힘들고 어려울 때 언제나 감사하는 마음으로 나아가면 하나님은 가장 좋은 것을 가장 알맞을 때 허락하시는 분이시다. 그러므로 우리는 범사에 감사하는 자가 되어야 한다. 그렇게 감사하며 살아갈 때 마음이 평안해지고 건강해지며, 하나님께서 예비하신 많은 축복을 누리게 될 것이다.

앞으로도 온라인 줌 화상이나 대면을 통해 많은 분과 감사와 축복의 삶을 나누기를 소망하며, 하나님께서 모든 계획을 인도해 주시기를 기도한다.

기도하며 기다릴 때 일하시는 하나님

작년 연말 두 번째 책을 출판한 이후, 나에게 새로운 비전이 생겼다. 그 비전은 멕시코 산간 영세 지역 인디오 마을에 교회당과 선교센터 건축을 지원하여 멕시코 복음화에 조금이나마 기여하는 것이다.

이를 위해 건축 대지 구입비의 3분의 1을 작년 말에 먼저 보냈고, 이후에는 두 번째 책 판매 수익금으로 추가 지원하려 했다. 그러나 수익이 충분히 발생하지 않아 선교비를 더 보내지 못했다. 그래서 내 자산 중 부동산 하나를 매각해 일부를 지원하려고 시장에 내놓았으나 쉽게 팔리지 않았다.

나는 하나님의 사업을 위해 여러 계획을 세우고 기도했지만, 생각처럼 이루어지지 않았다. 그래서 "하나님께서 주시면 하겠지만, 아니면 중단해야 합니까?"라는 기도를 드리며 마음을 내려놓았다.

"하나님 주시는 대로만 하겠습니다. 그 이상은 제힘으로 억지로 하지 않겠습니다."

나는 누군가에게 도움을 요청해서 그 지원으로 사역을 이어가는 은사가 없다. 오직 내 능력껏 자비량 선교를 감당하는 것이 내게는 가장 편하다. 하나님께서 주시는 만큼만 하면 되니, 욕심낼 이유가 없다. 하나님의 허락하시는 만큼, 천천히, 그러나 꾸준히 가는 것이 가장 안전하다고 믿는다. 실제로 지난 3년 동안에도 그렇게 해서 멕시코 산간 영세 지역에 두 교회당을 지원할 수 있었고, 지금은 그곳에서 성도들이 은혜롭게 예배드리고 있다.

이번에도 나는 욕심을 내려놓고, 하나님께서 주시는 대로 천천히 진행하기로 했다. 하지만 기도만큼은 꾸준히 이어가야 한다는 마음을 품었다. 그렇게 기도를 이어가던 중, 어제 멕시코 선교사님으로부터 연락이 왔다. 그동안의 진행 상황을 담은 사진과 간단한 메시지였다.

놀랍게도, 나는 대지 구입비 일부만 보냈을 뿐인데, 선교사님이 섬기시는 현지인 가정교회 성도들이 힘을 합해 벌써 교회 건물 기둥 16개 중 7개를 세워 놓은 것이다. 하나님께서 나의 손길이 닿지 않아도, 하나님의 때에 맞추어 일하고 계심을 보는 순간 나는 매우 놀랐고, 감사가 터져 나왔다.

사람이 계획할지라도 그 일을 이루시는 분은 오직 하나님이심을 다시 한번 절실히 깨닫게 되었다. 너무 염려하지 않고 하나님께 맡기며, 하나님께서 주시는 형편에 따라 차근차근 지원하면 된다는 평안한 마음을 주신 하나님께 감사드린다.

선교사님 편지 중에서(2024년 6월 14일)

"안녕하세요, 장로님. 평안하시지요?
하늘 아버지의 은혜 가운데 감사히 지내고 있습니다.
날마다의 삶 속에 감사가 있고, 하늘 아버지의 은혜 가운데 살아갑니다.

4월 1일부터 매주 월요일 인디오 마을에 들어가 공사를 하고 있습니다. 대지 비용은 서류 정리와 함께 마지막 지불 비용만 남았습니다. 공사는 16개의 기둥 중 7개를 마무리했습니다. 감사하지요. 기도해 주서서 감사합니다.

항상 응원해 주시고 사랑 안에서 격려해 주서서 감사합니다. 시작하게 하신 하나님께서 마치게 하실 것을 믿으며 감사로 나아갑니다.

관심 가운데 기도와 물질로 섬겨주심이 큰 힘이 됩니다. 감사합니다."

감사와 행복으로의 초대

3부

일상 속 감사와 기쁨

또 다른 인생의 전환점이
나를 기다리고 있다

사람은 누구나 살아가면서 힘들고 어려운 일을 겪기도 하고, 기쁘고 즐거운 시간을 누리기도 한다. 대체로 힘들고 어려웠던 시절은 오래 기억에 남지만, 즐거웠던 시절은 쉽게 잊어버리고 감사함도 없이 지나쳐 버리기 쉽다.

국가의 역사도 비슷하다. 전쟁이나 큰 재난과 같은 어려움의 시기는 기념하며 오래 기억하지만, 큰 사건 없이 평온하게 지낸 시절은 별다른 감사 없이 그냥 흘려보내는 경우가 많다.

돌아보니 나 역시 지금까지 크고 작은 인생의 전환점들을 지나왔다. 그중 가장 큰 전환점은 예수님을 믿어 천국 백성이 된 것이다. 또한 아내를 만나 가정을 이루고, 세 자녀를 낳아 기르고, 모두 믿음 안에서 가정을 이루게 된 것 또한 내 인생의 중요한 전환점이었다.

한국에서 학업을 마치고 대기업에 입사해 일하다가 미국 주재원으로 5년간 근무한 후, 자녀 교육 문제로 한국으로 귀국하지 않고 과감히 사표를 내고 미국에서 개인 사업을 시작한 것도 큰 전환점이었다. 45세에 안정된 회사를 그만둘 용기를 주신 하나님 은혜가 참 감사하

감사와 행복으로의 초대

다. 그렇게 시작한 사업은 중·장년 시절 동안 가정을 세우는 데 큰 밑거름이 되었다. 세 자녀 모두 결혼을 마치던 58세에는 운영하던 사업장 다섯 곳을 매각 정리할 결단을 내릴 수 있었던 것도 은혜였다.

사업장을 정리한 뒤에는 준 은퇴(Semi-Retirement)를 하며, 한 개 사업장만 남겨두고 내가 하고 싶었던 일들을 하며 살기 시작했다. 시간이 날 때마다 책을 읽고 글을 쓰며, 자녀 교육과 결혼에 대한 세미나를 열었고, 신학 공부를 통해 얻은 지식을 가지고 자비량 선교회를 설립하여 선교 사역을 이어가고 있다. 어려운 선교지를 돕고, 월드비전을 통해 가난한 나라의 어린이들을 후원하며, 온라인 줌 설교를 통해 세계 곳곳과 연결된다. 또한 사업 수익의 일부로 멕시코 산간 지역 교회 건축을 지원하는 일도 하고 있다.

삶을 돌아보니 나와 내 가족만을 위한 길이 아니라, 도움이 필요한 이웃과 선교지를 위해 베풀고 나누는 삶이야말로 진정한 행복임을 깨닫게 되었다. 받는 것보다 주는 삶이 더 큰 기쁨이라는 것을 알게 되어 참으로 감사하다.

성경 잠언 16장 9절은 이렇게 말씀한다.

"사람이 마음으로 자기의 길을 계획할지라도 그의 걸음을 인도하시는 이는 여호와시니라."

지금까지의 모든 순간마다 하나님의 인도하심이 있었음을 고백한다. 이제 언젠가 완전한 은퇴의 시간이 다가올 것이다. 그것이 5년 후일지, 10년 후일지는 알 수 없지만 또 다른 인생의 전환점이 기다리고 있다는 사실을 느낀다. 그때는 지금과는 또 다른 삶이 펼쳐질 것이다.

　나는 그 전환점을 준비하며 새로운 꿈과 비전을 품고 싶다. 비록 내가 계획을 세우더라도 결국 나의 길을 인도하시는 분은 하나님이심을 믿기에, 미리 감사드리며 기쁨으로 하루하루를 살아가고자 한다.

　　　　　　　　　　　　　　　감사와 행복으로의 초대

인생 2막,
운동할 수 있음에 감사

　60대 중반이 되니 은퇴 후의 삶, 그리고 인생 2막에 관한 이야기를 자주 듣는다. SNS를 통해서도 다양한 정보를 접하게 된다. 나는 아직 일을 하지만 반 은퇴(Semi-Retirement) 상태로, 하고 싶은 일을 하며 살아가고 있다.

　통계에 따르면 60대 남성이 75세 이전에 세상을 떠날 확률은 약 20%, 93세 이상까지 살아갈 확률도 약 20%라고 한다. 그렇다면 나머지 60%는 76세에서 93세 사이에 생을 마친다는 의미다. 즉, 60대 중반인 내가 60%에 해당한다면 앞으로 10년에서 28년 정도는 더 살수 있다는 이야기이고, 경우에 따라서는 30년 이상 살 수도 있다는 것이다.

　앞으로 더 오래 살려면 무엇보다도 중요한 것은 건강이라는 생각이 든다. 건강을 지키기 위해 반드시 실천해야 할 세 가지가 있다. 첫째, 매일 많이 걸어 근육과 체력을 유지해야 한다. 둘째, 일주일에 세 번이상, 15~30분 이상 햇볕을 쬐어 필요한 영양소를 보충해야 한다. 셋째, 구강 관리를 철저히 해 치아를 튼튼히 지켜야 여러 음식을 잘 씹어 먹을 수 있다.

이러한 기본 원칙을 지키기 위해 나는 규칙적인 운동으로 체력을 관리하며 살고 있다. 하나님께서 부르시면 언제든 하늘나라로 가야 하지만, 부르시지 않는다면 이 땅에서 건강하게 살고 싶다. 그래서 꾸준히 운동한다.

나는 이른 아침 찬양을 들으며 동네를 걸을 때가 많다. 약 30분 동안 걸으면서 새소리를 듣고, 하나님께 중얼거리듯 기도하며 하루의 계획을 세운다. 또 주중에는 아내와 함께 집 근처 체육관(Gym)에 일주일 네 번(월·화·목·금) 저녁 식사 후 가서 한 시간 정도 걷기와 근력운동을 한다. 부부가 한 달에 25불만 내면 언제든 이용할 수 있으니, 부담도 없다.

토요일 새벽에는 교회 새벽기도회에 나가 예배와 기도를 드린 뒤, 곧바로 운동하러 간다. 내가 사는 텍사스 남부에는 차로 30분 이내에 골프장이 여섯 곳이나 있어 예약도 쉽고, 약 40불이면 카트를 직접 몰며 햇볕을 쬐고 운동을 즐길 수 있다. 15년 이상 함께 운동해 온 친구들과 함께라 더욱 즐겁다.

주일에는 성전에서 예배를 드리고 오후에는 휴식을 취한다. 저녁 식사 후에는 아내와 함께 미션 시티 무료 테니스장에서 피클볼을 한 시간가량 친다. 1년 전부터 시작했는데, 일주일 중 가장 땀을 많이 흘리는 운동이다. 연구 결과에 따르면 테니스 같은 운동을 꾸준히 하는 사람은 하지 않는 사람보다 평균 수명이 5년 이상 길다고 한다. 피클볼은 테니스·배드민턴·탁구가 결합한 운동으로, 특히 시니어와 부부가 함께 즐기기에 적합하다. 폐 건강에 좋고 혈액 순환에도 도움이 되니 장기적으로 건강을 지키는 좋은 운동이다.

이처럼 나는 월요일 아침에는 찬양을 들으며 걷고, 주중에는 체육관에서 운동하며, 토요일에는 골프를, 주일 저녁에는 피클볼을 치며 일주일을 보낸다. 규칙적으로 다양한 운동을 할 수 있는 건강과 환경, 그리고 시간을 주신 하나님께 늘 감사한다. 이 감사의 마음을 오래도록 간직하고 싶다.

아침 식사 준비가 내게 주는
작은 기쁨

 우리 가족이 25년 전 처음 미국에 왔을 때는 아침, 점심, 저녁 모두 한식 위주로 식사하곤 했다. 특히 나는 아침 식사도 꼭 한식으로 먹는 편이어서, 지금 생각해 보면 아내가 매우 힘들었을 것 같다.

 장거리 여행을 떠날 때도 호텔에서 제공하는 아침 식사는 잘 먹지 않고, 아내가 미리 준비해 온 한식 도시락을 고집했던 기억이 난다. 그런 나를 아내는 한 번도 힘들다고 말하지 않고, 묵묵히 식사 준비를 해 주었다. 그 마음이 늘 고맙고, 지금도 감사한 마음을 간직하고 있다.

 그러던 내 식사 습관이 바뀌게 된 것은 5년 전, 인생의 60을 앞두고 나서부터였다. 이제는 아내에게만 의존하지 않고, 스스로 식사를 준비하는 습관이 자연스럽게 자리 잡았다. 특히 아침 식사는 내가 일찍 일어나서 아내 몫까지 함께 준비하고 있다.

 여행을 가더라도 한식을 고집하지 않게 되었고, 식사에 대한 유연함과 배려가 생긴 나 자신이 참 뿌듯하다.

 지금은 아침마다 삶은 계란, 여러 가지 과일, 오트밀 등을 직접 준비한다. 그런데 이상하게도, 그 아침 식사 준비 시간이 그저 즐겁다.

감사와 행복으로의 초대

음악을 들으며 식사를 준비하는 일이 이제는 자연스러운 일상이 되었고, 저녁 식사 후에는 설거지도 내가 도맡아 한다. 젊을 때 아내가 흘린 수고에 대한 작은 보답이라고 생각하니, 자신도 흐뭇하고 감사한 마음이 든다.

우리 집 뒷마당에는 작은 텃밭이 있다. 아내는 쑥갓, 상추, 열무를 참 좋아한다. 쑥갓과 상추는 고기를 구워 먹을 때 쌈으로도 좋고, 된장과 고추장을 넣어 비빔밥을 해 먹을 때도 아주 좋다. 우리는 마트에서 산 채소보다, 직접 키운 신선한 채소로 식사하는 걸 더 좋아한다.

특히 열무는, 한국에서는 보통 뿌리째 뽑아 먹지만 나는 잎과 줄기만 자르며 계속 기르는 방식으로 키운다. 살짝 데쳐서 비빔밥에 넣으면 식감과 향이 일품이라, 아내는 열무가 무성하기 전부터 "열무 또 없어요?" 하고 자주 묻는다. 그래서 이번 봄에는 열무를 넉넉히 심었다. 쑥갓과 상추도 함께. 이제는 아침저녁으로 텃밭 채소에 물을 주는 것이 나의 기분 좋은 일상이 되었다.

아이들이 모두 출가한 후, 큰 집에 아내와 둘이 살고 있지만, 아침 식사가 끝나면 "점심은 뭐 먹을까?", "저녁은 어떻게 할까?" 하고 서로 묻고 의견을 맞춘다. 그 대화 하나가 아내의 부담을 덜어주는 역할이 되니 나도 참 보람이 있다.

가끔은 "당신이 먹고 싶은 거 뭐든지 하세요." 하고 아내에게 맡기기도 하지만, 함께 외식하자고 할 때 아내가 유독 기뻐하는 걸 보면 앞으로는 더 자주 아내가 좋아하는 시간을 만들어 주고 싶다.

아내가 좋아하는 것을 더 잘해 주고 싶다는 마음이 드는 걸 보니, 나도 이제 철이 조금은 든 것 같다.

사랑이 담긴 한 그릇의 비빔밥

　나는 보통 밤 10시에서 11시 사이 잠자리에 들고, 이른 아침 5시에서 6시 사이에 일어나는 생활 패턴을 가지고 있다. 아내는 늦잠을 자는 것을 좋아하는 편이라, 내가 먼저 아침을 준비할 수 있겠다는 생각이 들었다. 그래서 오트밀로 아침을 차려 내가 먼저 먹고, 아내 몫도 미리 준비해 두면 아내가 일어나서 바로 먹을 수 있었다.

　아침 식사를 내가 준비하는 것이 마음이 편하다. 아내가 충분히 잠을 자고 쉴 수 있게 배려할 수 있고, 또 아내가 미리 장을 봐서 냉장고에 넣어둔 과일과 계란으로 간단히 차릴 수 있기 때문이다. 덕분에 내가 원하는 시간에 아침을 먹을 수 있어 참 좋다.

　다만 점심과 저녁은 여전히 아내가 정성을 다해 준비해 준다. 가끔 점심 외식할 때를 제외하면, 나는 일하다가 5분 거리 집으로 돌아와 아내와 함께 점심을 먹는다. 점심을 먹고 나면 저녁 메뉴를 함께 의논하고, 의견이 모이면 아내가 정성껏 준비해 함께 식사한다.

　어느 날 아내가 점심 약속으로 외출하게 되었다. 아내는 나에게 점심으로 무엇을 먹고 싶은지 물어보았다. 나는 냉장고에 있는 남은 음식 중 빨리 먹어야 하는 것을 챙겨 먹겠다고 했지만, 아내는 이것저것 메뉴를 이야기해 주었다. 그러다 "비빔밥을 준비해 놓겠다"고 했다.

아내는 여러 가지 채소로 맛있는 비빔밥을 미리 만들어 놓고 외출했다. 비빔밥 재료에는 한국에서 형님 가족이 가져다주신 귀한 취나물, 시장에서 산 호박·버섯·당근·시금치, 그리고 집 뒷마당 텃밭에서 키운 열무까지 들어 있었다. 이렇게 오색찬란한 비빔밥을 냉장고에 준비해 두었기에, 나는 양념장을 넣고 비벼서 혼자서도 행복하게 점심을 먹을 수 있었다.

아내가 정성껏 만들어 준 비빔밥을 보며, 문득 한국의 가곡 〈보리밭〉이 생각나 옛날 전축에서 흘러나오는 듯한 멜로디를 떠올렸다. 먼저 사진을 찍고, 감사한 마음으로 맛있게 먹은 뒤 이렇게 글로 표현할 수 있음이 행복이었다. 참으로 감사한 점심시간이었다.

푸른 나무처럼,
변함없는 은혜

　나는 한국에서 자라는 소나무를 무척 좋아한다. 그 이유는 소나무가 일 년 사시사철 변함없이 푸르고 늘 한결같은 모습으로 서 있기 때문이다. 또한 소나무 숲에 들어가면 풍겨 나오는 솔 향기와 푸른 기운이 마음을 평안하게 해 주어 늘 소나무를 그리워한다.

　그래서 몇 년 전, 나는 인터넷으로 소나무 세 그루를 주문해 집 앞과 뒤에 심어 보았다. 그러나 내가 사는 미국 텍사스 남부는 여름 날씨가 너무 더워 소나무가 견디지 못하고 결국 말라 죽어 버렸다. 그때 나는 많이 아쉬워했다.

　그러던 어느 날, 측백나무는 이 더운 지역에서도 잘 자란다는 사실을 알게 되었다. 그래서 우선 한 그루를 사서 집 앞에 시험 삼아 심어 보았다. 측백나무도 소나무처럼 일 년 사시사철 늘 푸르게 자라는 것이 마음에 들었고, 비록 소나무와 같은 솔 향기는 없지만 그 자체로 매우 만족스러웠다. 그렇게 3년이 지난 지금까지도 무럭무럭 잘 자라 주고 있음이 감사하다.

　나는 두 그루를 더 심고 싶어 여러 곳을 찾아보았지만 쉽게 구할 수 없었다. 구글로 검색해 보니 한 식물원에서 판매한다는 것을 알게 되었고, 서둘러 찾아갔으나 이미 다 팔리고 없었다. 내년 봄에 다시 오라는 말만 들었다. 내가 다른 곳을 물어보자, 주인은 전화를 걸어 확인한 후 차로 15분 정도 가야 하는 또 다른 식물원을 알려주었다.

그곳에 가 보니 측백나무가 있긴 했지만, 모두 생각보다 큰 나무들이었고 가격도 비싼 편이었다. 3년 전에 내가 구입했던 작은 묘목이 자라 지금 우리 집에 있는 나무와 거의 같은 크기였다. 원래는 작은 나무를 사서 키우고 싶었지만, 선택의 여지가 없어서 큰 나무 두 그루를 구입했다.

집으로 가져와서 어디에 심을지를 아내와 의논했다. 아내는 집 입구 양쪽에 심자고 제안했다. 그런데 집 입구 오른쪽에는 이미 펜추리 (Pentury) 종류의 나무가 심겨 있어 새로운 나무를 심기가 쉽지 않았다. 고민하고 있는데 아내가 기존 나무를 잘라내고 그 자리에 심자고 했다. 원래 양쪽에 한 그루씩 있었는데, 2년 전 한쪽이 죽으면서 균형이 맞지 않았다. 그래서 이번에는 과감히 기존 나무를 잘라내고 그 자리에 측백나무를 심었다.

생각해 보면 우리 집의 주인은 나와 아내이니, 우리가 원하지 않는 나무는 잘라내고 새 나무를 심을 수 있다. 그러나 더 깊이 묵상해 보니, 이 천지 만물의 주인은 누구이실까? 바로 천지를 창조하시고 온 우주 만물을 다스리시는 하나님이심에 틀림이 없다.

그러므로 세상의 모든 일도 결국은 하나님의 뜻과 생각에 따라 운영될 것이다. 내가 내 뜻대로 안 된다고 해서 힘들어할 필요가 없다. 내가 하나님께 간절히 기도하더라도 그 기도의 결과는 내가 원하는 대로 될 수도 있고, 그렇지 않을 수도 있다.

즉, 기도가 응답하든 응답하지 않든, 모든 것은 하나님의 뜻임을 알아야 한다. 하나님은 언제나 하나님 보시기에 가장 적합하고 가장 알맞은 것을 예비해 주시는 분이시다. 그러므로 우리는 기도의 결과를 하나님의 뜻으로 받아들이고 살아간다면 마음에 큰 평안이 함께할 것이다.

감사와 행복으로의 초대

가장 귀한 생일 선물

한국에서는 늘 음력으로 생일을 챙기며 지냈던 기억이 있다. 그러나 미국에 온 지 25년이 지나면서 자녀들이 부모의 음력 생일을 기억하기 어렵다는 생각이 들어, 음력을 양력으로 바꿔 모든 가족의 생일을 양력으로 지내고 있다.

내가 다니는 한인교회에서는 한 달에 한 번, 생일자를 함께 축하하는 시간을 갖는다. 나의 생일은 1월 23일인데, 지난주에는 교회에서 1월 생일 성도들과 함께 축하받았다. 교회에서 준비한 생일 케이크에 촛불을 켜고 한국어와 영어로 두 번 축하 노래를 부른 후, 함께 촛불을 끄고 블랙커피와 케이크를 나누어 먹었다. 교인이 약 60명 정도 되는 교회라 가족적인 분위기 속에서 사진도 찍고, 친교의 점심 식사도 함께하며 감사하고 행복한 시간을 보냈다.

자녀들이 멀리 떨어져 살고 있어 생일에 직접 오가는 것은 쉽지 않다. 그래서 미리 선물을 보내주고, 저녁에는 온 가족이 온라인 줌 화상으로 생일 축하 노래를 불러주며 손주들과 이야기를 나누는 시간을 갖는다. 오늘 저녁에도 약속한 시각에 모두가 화면 앞에 모여 손주들의 생일 축하 노래를 들으며 즐겁고 행복한 시간을 보내게 될 것이다.

지난주에는 내가 감기에 걸려 고생했는데, 이번 주에는 내가 회복되자 아내가 감기로 고생 중이다. 아침 출근 전에 아내에게 "오늘은 춥고 감기 기운이 있으니, 집에서 푹 쉬라"고 말했더니, 아내는 "생일 선물과 케이크, 꽃을 준비하러 나가야 한다"고 했다. 나는 "이번에는 감기로 힘드니 아무것도 준비하지 않아도 된다. 당신이 빨리 회복되는 것이 내게 가장 좋은 선물이다."라고 말했더니, 아내가 감동받았다고 한다.

그렇다. 부부 중 한 사람이 아프면, 다른 어떤 선물보다도 빨리 회복되는 것이 가장 간절한 소망이 된다. 그것보다 더 귀한 선물이 없음을 다시 깨닫게 된다. 아내의 감기가 하루빨리 나아 일상을 되찾을 것을 믿으며, 간절한 마음으로 미리 감사하며 기도하게 된다.

감사와 행복으로의 초대

무너져 본 일상에서 다시 찾은 감사

지난 1월 한 달 동안, 나의 일상이 많이 흩어졌다는 생각이 든다. 나와 아내가 함께 지켜오던 일상은 단순하면서도 삶의 질서와 리듬을 만들어 주는 소중한 패턴이었다.

우리 부부는 주일 아침이면 아침 식사 후, 평소와 달리 말끔하게 차려입고, 주일에만 신는 멋진 구두를 신고 교회로 향한다. 대예배를 드리며 하루를 시작하고, 점심 친교 후 집으로 돌아오면 잠시 쉰 뒤, 저녁 식사 후에는 함께 피클볼을 치며 땀을 흘리고, 시원한 샤워로 하루를 마무리하는 이 시간이 참 좋다.

평일 아침에는 이른 시간에 일어나 찬양을 들으며 동네를 세 바퀴 걷는다. 이 아침 산책은 나에게 참 귀한 시간이다. 또한 주 4일(월, 화, 목, 금) 저녁 식사 후에는 아내와 함께 헬스장에 가서 걷기와 근력운동을 한다. 수요일은 수요기도회 참석으로 운동은 하지 않지만, 영의 양식을 공급받는 은혜로운 시간이다.

아내는 일주일에 두 번 요가 수업에 참석하고, 토요일 오전에는 첼로 레슨을 받는다. 그리고 하루에 몇 시간씩 첼로 연습을 하며 독서를 즐기는 것이 그녀의 일상이다.

나는 토요일 새벽마다 토요 새벽기도회에 참석해 한 시간 동안 기도하고, 기도를 마친 후에는 15년 넘게 함께 운동해 온 친구들과 함께 건강한 아침을 시작한다.

이처럼 규칙적인 우리의 일상이었지만, 지난 1월은 전혀 다른 삶이었다. 먼저 나에게 감기 기침이 찾아와 일주일 넘게 고생하며 운동도 하지 못하고, 감기약만 의지한 채 겨우 회복되었다.

그러자 이번엔 아내에게 감기가 왔다. 약을 먹어도 잘 낫지 않고, 기침이 심해지고 입맛도 떨어지고, 평소 잘 먹던 밥도 맛있게 먹지 못했다. 밤에는 둘 다 깊은 잠을 자지 못해 힘든 나날이 이어졌다.

결국 병원에 가서 강한 항생제 주사를 맞고 나서야 회복되었지만, 1월 한 달은 우리 부부가 번갈아 가며 감기를 앓으며, 2025년 새해를 평소와 전혀 다른 방식으로 시작하게 되었다.

이렇게 일상이 무너져 본 경험을 하고 나니, 우리가 평소에 누리던 작고 평범한 일상이 얼마나 소중하고 감사한지를 절실히 깨닫게 되었다.

음식을 맛있게 먹을 수 있음이 감사이다.

먹은 음식을 문제없이 소화할 수 있음이 감사이다.

매일 화장실을 편안히 사용할 수 있음이 감사이다.

밤마다 평안하게 잠을 잘 수 있음이 감사이다.

두 다리로 자유롭게 걸어 다닐 수 있음이 감사이다.

매 순간, 우리를 눈동자같이 지켜보시는 하나님의 보호하심이 감사이다.

이 모든 작은 일상들이 얼마나 큰 은혜였는지, 그 사실을 다시금 깨달을 수 있었음에 진심으로 감사드린다.

감사와 행복으로의 초대

너 참 잘했어,
그렇게 하면 돼

사람은 나이가 들어가면서 기억력도, 체력도 점차 떨어지기 마련이다. 하지만 누구나 그렇지는 않다. 어떤 사람은 나이가 많아도 건강하게 생활하는 반면, 어떤 사람은 젊은 나이에도 질병으로 인해 매우 힘들어하기도 한다.

나와 아내는 평소에 체력 관리를 위해 운동을 꾸준히 하고, 여러 가지 건강식품도 잘 챙겨 먹는 편이라 건강에 대해 나름대로 자신이 있었다. 그런데 지난 1월, 아내가 감기 기침으로 2주간 고생하는 모습을 보며, "건강은 결코 자만해서는 안 되는 것이구나" 하는 깨달음을 얻게 되었다.

어제저녁, 식사를 마치고 헬스장에 가기 위해 차에 타는데 아내가 뭔가를 찾는 눈치였다. 운전면허증과 신용카드를 지갑에서 꺼내 들고 나왔는데, 차에 타 보니 면허증은 있는데 카드가 없어진 것이었다. 운동 후 주유하려고 미리 챙겨 온 카드가 사라졌다는 말에, 우리는 차에서 내려 집 안 이곳저곳을 다 찾아보았지만 끝내 발견하지 못했다. 그래서 우선 운동을 다녀온 후 다시 찾아보기로 하고, 헬스장으로 향했다.

운동을 하면서 나는 여러 가지 생각이 들었다. 물론 신용카드는 잃어버려도 재발급하면 되지만, 만약 아내의 기억력에 문제가 생긴 것이라면 그것이 더 큰 충격일 수도 있겠다는 생각이 들었다. 아내는 평소에 꼼꼼하고 잘 챙기는 사람이다. 그렇기에 이번 일이 더욱 걱정스럽게 느껴졌다. 하지만 이런 때일수록 아내가 안심할 수 있도록 도와주는 것이 중요하다는 걸 깨달았다.

그래서 운동을 마치고 집으로 돌아가는 길에 나는 아내의 손을 꼭 잡고, "괜찮아. 카드야 다시 만들면 되지. 일단 걱정하지 말고, 내가 당분간 내 카드를 줄게."라고 말하며 아내의 마음을 편하게 해 주려고 애썼다.

집에 도착해서 나는 안방, 옷장, 서랍장 등 여기저기를 다시 살펴보았다. 아내는 혹시 부엌 쓰레기통 안에 떨어진 것이 아닐까 싶다며, 쓰레기를 하나하나 뒤지기 시작했다. 운동 전에 이미 같은 장소를 내가 찾아봤다고 말했지만, 아내는 혹시라도 내가 놓쳤을까 봐 다시 확인하고 싶다고 했다.

나는 마음속으로 계속 걱정을 하고 있었다. "혹시 정말 기억에 혼선이 생긴 건 아닐까?" 그러면서도 자신을 다독이며 "다른 곳에서 잃어버린 건 아닐 거야. 어디엔가 있을 거야."라고 생각하며 함께 찾아다녔다.

그런데 잠시 후, "찾았다!"라는 아내의 외침이 들렸다. 달려가 보니, 카드는 쓰레기통 안이 아닌 그 옆 벽 쪽에 떨어져 있었다. 손수건과 함께 들고 나왔던 카드가, 쓰레기를 버리는 사이 손에서 미끄러져 보이지 않게 벽 쪽으로 떨어졌던 것이었다.

감사와 행복으로의 초대

나는 너무나 기쁘고 안도하는 마음에 아내를 꼭 안아 주었다. 기억력에 아무 이상도 없다는 사실이 확인되어 얼마나 다행이었는지 모른다.

아직 건강하게 운동도 잘하고, 일상생활을 잘 유지할 수 있음에 다시 한번 감사한 마음이 가득한 하루였다.

요즘은 '감사'에 대한 책들을 자주 읽고 있어서 그런지, 이런 순간적인 어려움이 생겨도 짜증을 내기보다는, 아내의 건강을 걱정하며 마음을 안심시켜 줄 수 있었던 나 자신이 참 대견스러웠다.

그리고 스스로에게 말했다.

"너 참 잘했어. 그렇게 하면 돼."

나를 아껴주고 사랑해 주는 아내에게, 그리고 내 마음속에 감사가 자리 잡고 있을 때, 상대방에게도 감사와 사랑을 전할 수 있는 여유가 생긴다는 원리를 다시 한번 깨닫게 해 준, 참으로 고마운 하루였다.

아내에게 준 가장 아름다운 선물

나는 초등학교 6학년 때부터 한 소녀에게 마음이 끌리기 시작했다. 그리고 중학교 2학년이 되었을 때, 나는 그 소녀에게 편지를 보냈다.

"나는 너를 좋아해. 너도 나를 좋아할 수 있겠니?"

며칠 후, 그녀로부터 받은 편지에는 "나도 널 좋아해."라고 적혀 있었다.

그 순간, 세상을 다 얻은 듯한 기쁨이 밀려왔던 기억이 아직도 생생하다. 그렇게 소년과 소녀는 12년을 함께 좋아하고 기다리다가 결혼이라는 아름다운 결실을 보게 되었다.

결혼 후, 나는 직장 생활에 전념했고 아내는 두 딸과 한 아들, 세 자녀의 교육을 위해 많은 노력을 기울였다. 특히 미국으로 이주한 이후, 아내는 아이들의 초·중·고등학교 등하교를 책임지며, 아이들과 함께 자원봉사 활동에도 헌신적으로 참여했다.

막내까지 대학에 진학한 이후, 우리는 다시 신혼 때처럼 둘만 남은

감사와 행복으로의 초대

집에서의 삶을 시작하게 되었다. 그때부터 아내는 성경 읽기와 독서, 요가 등 다양한 취미를 즐기며 자신의 시간을 보내고 있다.

내가 사는 미국 텍사스는 날씨가 대체로 따뜻하고, 골프 비용도 저렴해서 운동하기에 좋은 환경이지만, 아내는 햇볕과 잔디 알레르기가 있어서 골프를 치지는 않는다. 대신, 저녁에는 나와 함께 헬스장에서 운동하거나 피클볼을 즐긴다.

18세기 독일 철학자 칸트는 행복의 세 가지 조건을 이렇게 말했다고 한다.

1. 할 일이 있는 것
2. 사랑하는 사람이 있는 것
3. 희망이 있는 것

첫 번째 조건인 '할 일'이 있는 것. 아내는 결혼 후 정식 직업을 가진 적은 없지만, 가정을 돌보고 자녀를 양육하며, 다양한 취미 활동을 통해 충만한 삶을 살아왔다.

작년 3월, 아내는 평소 배우고 싶어 하던 첼로 레슨을 시작하게 되었다. 내가 흔쾌히 권유했고, 아내는 매주 1회 레슨을 받으며, 거의 매일 몇 시간씩 연습하며 즐겁게 몰입하고 있다.

그리고 오늘, 아내는 첼로 레슨을 함께 받는 학생들과 연말 발표회를 하게 되었다. 나는 꽃다발을 준비해 발표회 장소로 향했다.

연주자는 대부분 초·중·고등학생이었고, 60대의 어른은 아내 혼자였다. 그런 가운데, 아내는 11개월의 레슨 끝에 바흐의 Minuet No. 3 (스즈키 교본)을 피아노 반주와 함께 실수 없이 멋지게 연주했다. 나는 너무나 감동했고, 아내가 어린 학생들과 함께 무대에 선 모습이 자랑스럽고 아름다웠다.

그 순간 나는 생각했다. '첼로 레슨이라는 선물은, 아내에게 준 선물 중 가장 마음에 들었을 것 같다.' 그리고 나 역시 그 모습을 통해 큰 기쁨과 감사를 함께 느낄 수 있었다.

두 번째 행복의 조건인 사랑하는 사람이 있는 것. 나에겐 결혼 전 12년, 결혼 후 38년, 총 50년간 서로를 사랑하고 아껴온 평생의 동반자, 아내가 있다. 또한, 결혼한 딸 둘, 아들 하나를 포함해 두 사위, 한 며느리, 다섯 손주까지 우리가 시작한 가정은 어느덧 13명의 사랑하는 가족으로 늘어났다. 그 모두가 있어 나는 참으로 행복하다.

세 번째 조건은 희망이 있는 것. 나는 늘 꿈과 비전을 품고 살아간다. 그리고 아내 역시 첼로, 독서, 요가 등 자신이 좋아하는 활동을 통해 앞으로의 삶에 대한 기대와 소망을 키워가고 있다.

이 모든 것을 가능케 하시고, 우리를 통해 하나님을 찬양하며 감사로 살아갈 수 있는 삶의 여건을 주신 주님께 진심으로 감사드린다.

　　　　　　　　　　　感사와 행복으로의 초대

사고보다 감사가 더 컸던 하루

어제는 식당에서 지인과 함께 점심을 주문하고 막 식사를 시작하려던 참에, 나의 사업장 직원으로부터 전화가 걸려 왔다. 무슨 일인가 싶어 전화를 받았더니, 직원의 목소리가 매우 상기된 상태로 내가 빨리 사무실로 와야 한다고 말했다. 무슨 일인지 묻자, 사업장 출입문 유리창이 바깥에서 잔디 작업을 하던 인부의 실수로 튕긴 돌에 의해 산산조각이 났다는 것이었다.

나는 우선 전화로 직원에게 작업자에게 연락해 출입문 유리를 새것으로 교체해 달라고 요청하라고 지시하고, 점심 식사를 서둘러 마친 후 급히 사무실로 향했다. 현장에 도착하니, 정말 출입문 유리가 산산조각 나 있었고, 바닥에는 유리 파편이 널려 있었다. 나는 직원들에게 바닥에 흩어진 유리 조각을 우선 깨끗이 청소하라고 지시했다.

마침, 조경 업체의 대표가 가게 앞으로 찾아왔고, 유리 교체 업체에 직접 전화를 걸어 새 유리로 교체해 주겠다고 약속했다. 이야기를 나누다 보니 그는 내 사업장 앞에 있는 대형 교회에 출석 중이며, 그 교회의 잔디, 나무, 화단 등 전체를 관리하는 업체의 대표였다.

나는 그를 사무실 안으로 모시고 시원한 물 한 병을 건네며 편하게 기다리도록 안내했다. 대화를 나누다 보니, 그는 나보다 여덟 살 아래였고, 딸 둘과 아들 하나가 있다고 했다. 나 역시 딸 둘, 아들 하나가 있다는 말에 금세 친구처럼 가까워질 수 있었다.

그 와중에도 고객들이 출입할 수 있도록 입구를 안전하게 안내하고 조치하면서, 사업장을 계속 열고 영업을 이어갈 수 있었던 것에 깊은 감사를 느꼈다. 보통 이런 일이 생기면 조경 업체 측에 화를 낼 수도 있었겠지만, 나는 먼저 상대방의 입장에서 이야기를 듣는 태도로 접근했다.

그는 새로 고용한 직원이 미숙해서 벌어진 일이라며, 자신이 유리를 교체해 주겠다고 했다. 나는 그의 책임감 있는 태도에 고마운 마음이 들어, 그의 휴대폰 화면 보호 필름이 깨져 있는 것을 보고, 무료로 새것으로 교체해 주었다.

그리고는 "우리 친구 하자"고 말하며 기분 좋게 사진도 함께 찍고 연락처도 주고받았다. 이런 일이 닥쳐도 차분하게 대응할 수 있는 마음의 평안을 주신 하나님께 감사드린다. 또한 서로를 이해하며 친구처럼 가까워진 관계에도 감사하다.

"그리스도의 평강이 너희 마음을 주장하게 하라. 너희는 평강을 위하여 한 몸으로 부르심을 받았나니 너희는 또한 감사하는 자가 되라."

(골로새서 3:15)

상황이 감사할 조건이 아니어도 마음에 평강을 유지할 수 있었던 것에 감사한 마음이 들었다. 그리고 내 마음속에 항상 임재하시는 주

감사와 행복으로의 초대

님이 나를 평강으로 이끌어 주신다는 느낌을 받아, 이 모든 일을 통해 하나님께 감사할 수밖에 없음을 고백하게 되었다.

어떤 일이 닥치든, 오히려 감사할 일이 더 많아지는 은혜가 내 삶에 계속 일어나고 있음에 그저 감사할 따름이다. 나는 몇 년 동안 감사에 관한 책을 꾸준히 읽고 독서 리뷰를 정리해 왔으며, "감사와 행복한 삶"이라는 주제로 온라인 줌을 통해 진행되는 10주 과정의 강의에도 참여하고 있다. 이런 감사 훈련이 실제로 나의 삶에 선한 영향을 주고 있음을 깊이 느끼며 하나님께 감사드린다. 이렇게 복된 하루의 아침을 시작하며 이 글을 쓸 수 있음 또한 기쁨이요, 즐거움이라는 고백을 하게 된다.

감사로 이어가는 삶의 여정

  나는 대학과 대학원 과정을 마치자마자 대기업에 취직하여 약 18년 5개월 동안 한 회사에 다녔다. 마지막 5년은 미국 주재원 생활을 했고, 그 이후에는 한국으로 귀환하지 않고 미국 텍사스 남부에서 2005년부터 개인 사업을 시작하게 되었다. 처음 사업을 시작했을 때가 엊그제 같은데, 벌써 20년이라는 세월이 흘렀다. 세월이란 참으로 유수같이 빠르게 지나간다.

  직장 생활만 하다가 개인 사업을 시작했을 때는 경험이 부족해서 초기 3년간은 어려움도 적지 않았다. 하지만 그 어려움을 극복하지 못하면 사업에 실패자로 남게 되기에, 나는 열정적이고 성실하게 일에 몰두했다. 그 결과 3년 정도 지나자, 사업이 어느 정도 안정되기 시작했고, 처음엔 휴대폰 대리점 한 곳으로 출발했지만, 많을 때는 여덟 곳을 운영하며 직원도 20명 이상을 두게 되었다. 텍사스 남부 지역에서 'Top 1 딜러'로 선정된 적도 있었다. 사업이 한창 잘될 무렵, 딸 둘과 아들 하나, 세 자녀의 대학 과정과 결혼까지 모두 잘 마칠 수 있어서 감사한 마음이다.

자녀들이 모두 결혼한 이후, 어느덧 60세를 바라보게 되면서 모든 대리점을 매각하고, 대리점이 아닌 휴대폰과 컴퓨터 수리 및 판매를 위한 단독 매장을 새롭게 오픈했다. 대리점 형태로 운영할 때는 본사의 간섭이 많았지만, 지금의 매장은 아무런 간섭 없이 내 방식대로 편하게 운영할 수 있어서 마음이 매우 편하다.

60세 이후에는 내가 하고 싶은 일을 병행하며 사업장을 함께 운영하고 있다. 시간이 날 때마다 책을 많이 읽게 되었고, 2년 전에는 신앙 에세이도 두 권 출간했다. 자비량 선교회를 운영하며 큰돈은 아니지만, 형편 되는 대로 멕시코의 영세 산간 지역 교회 건축을 위해 조금이나마 보탤 수 있음에 감사하다.

그리고 내년에는 신앙 에세이 한 권을 더 출간할 목표를 가지고 준비 중이다. 최근엔 내게 새로운 꿈과 비전도 생겼다. 생애에 꼭 베스트셀러 한 권을 쓰고 싶은 마음이 생긴 것이다. 그래서 시간이 날 때마다 글을 쓰고 있으며, 기독교 신문들에 칼럼으로도 기고하고 있다.

어제저녁에는 사업 시작 20주년을 기념하여 직원들과 함께 한국 식당에서 저녁 식사를 했다. 집으로 돌아갈 때는 직원들 각자가 원하는 메뉴를 정해 포장해 갈 수 있도록 준비해 주었는데, 식당에서 맛있게 식사도 하고 가족을 위해 음식을 가져갈 수 있어 모두가 밝고 고마운 표정을 지었다. 한 직원이 "벌써 20년이 되었으니, 앞으로 10년은 더 하셔야죠."라고 말하는데, 나 역시 건강이 허락하는 한 10년은 더 하고 싶은 마음이 있어서 기분 좋게 웃었다.

사업을 하면서 매년 두 번 정도는 직원들과 저녁 식사를 함께하며 팀워크를 다져 왔다. 과거의 사진들을 함께 보며 20주년을 기념하는 식사를 하던 중, 비록 대기업처럼 큰 규모의 사업은 아니지만 내 형편에 맞게 크게 무리 없이, 또 내가 하고 싶은 일들을 병행하며 운영할 수 있는 여건에 감사함을 느꼈다.

앞으로도 건강하게 10년은 더 하고 싶은 마음이 들어, 꾸준히 운동하고 몸과 마음을 건강하고 맑게 유지하며 살아가야겠다는 다짐을 해보는 비 오는 날. 우수에 젖은 마음으로, 감사한 마음을 담아 몇 자 적어 본다.

내 삶이 나의 신발처럼
언제나 주님을 기쁘시게

　나는 평소에 일할 때나 외출할 때 신는 신발을 늘 똑같은 색상과 같은 크기로 세 켤레 가지고 있다. 그리고 주일에 교회에 갈 때만 신는 신발은 별도로 한 켤레가 더 있다. 주일 예배에는 언제나 깨끗한 신발을 신고, 바지도 평소에 입지 않던 새 옷을 꺼내 입으며 단정한 모습으로 교회에 가는 편이다. 그러나 평소에는 같은 종류의 신발을 늘 신고 다닌다. 오늘은 그 신발을 새것으로 바꾸어 신고 출근하는 날이었다.

　나에게 똑같은 신발이 세 켤레 있는 이유는 분명하다. 첫째, 그 신발이 발에 잘 맞고 걸을 때 부담이 없어 편하기 때문이다. 둘째, 내가 좋아하는 것을 아내가 잘 알아서 항상 같은 신발을 미리 구입해 두기 때문이다. 늘 새 신발을 준비해 신발장에 보관해 주는 아내에게 참으로 감사한 마음이 든다.

　처음 그 신발을 샀을 때, 나는 너무 편해서 오래도록 신고 다녔다. 겉으로는 낡아 외출용으로는 어울리지 않았지만, 버리기에 아까워 뒷마당에서 신기로 했다. 텃밭을 일구고 채소 씨앗을 뿌리며 잔디밭을 오갈 때는 낡은 신발이 제격이었다. 발은 여전히 편했고, 신발은 제 역할을 다하고 있었다.

그 사이 아내는 새 신발을 준비해 두었고, 나는 언제든 필요할 때 꺼내 신을 수 있었다. 그래서 내 신발장은 늘 세 켤레로 채워진다. 낡아 뒷마당에서 쓰임 받는 신발, 매일 신기 좋은 신발, 그리고 아직 빛을 보지 못했지만 주인을 기다리는 새 신발. 낡은 신발은 여전히 내 발을 안전하게 지켜 주고, 지금 신는 신발은 어디든 편안히 안내해 주며, 새 신발은 묵묵히 신발장 안에서 인내하며 주인을 기다리고 있다.

그 모습을 보며 나는 문득 신앙생활을 떠올리게 된다. 신발이 내 마음에 들어 오래 신다가도 끝까지 쓰임을 받듯이, 나도 하나님 앞에서 그렇게 쓰임 받는 인생이 되기를 소망한다. 신발이 주인을 위해 끝까지 달려가듯, 나도 주님이 원하시는 곳이라면 어디든 달려가고 싶다. 낡아도 버려지지 않고, 새 신발처럼 주인을 기다리며 준비된 모습으로 서 있듯이, 나의 삶도 주님의 마음에 합당한 모습으로 남기를 바란다.

세월이 흘러 나이가 들어도, 주님이 필요로 하신다면 여전히 쓰임 받을 수 있다면 얼마나 감사한 일인가. 오늘 아침 새 신발을 신고 출근하며 문득 그런 생각이 들었다. 내 삶이 신발처럼 언제나 주님을 기쁘시게 하고, 마지막까지 충성된 모습으로 달려갈 수 있기를 소망한다. 그 마음으로 하루를 시작하게 하신 하나님께 감사드린다.

감사와 행복으로의 초대

헌신 앞에 고개를 숙이며

　어느 날, 내가 일하고 있는 사무실로 한 분이 찾아오셨다. 작년 8월, 처음으로 자신의 컴퓨터를 고치기 위해 방문하신 분이었는데, 우연히 한국전 참전 용사라는 사실을 알게 되어 나는 그분에 대해 SNS에 글을 올린 적이 있다.

　그리고 약 6개월이 지난 지난달, 그분은 자신이 보관하고 있던 여러 장의 한국전 참전 관련 사진을 들고 다시 나를 찾아오셨다. 올해 만 93세인 그분은 현재 혼자 거주하고 계시며, 해병대 출신으로 1952년 1월부터 1953년 1월까지 한국전에 참전하셨다고 하셨다. 그날 나는 마침 출타 예정이 있어 귀국 후 다시 연락을 드리기로 약속하고 헤어졌다.

　지난주, 나는 그분께 전화를 드려 함께 점심을 먹자고 초대를 드렸다. 그러나 그분은 "4년 전부터 외부 식당에서는 식사하지 않고 있다"라고 하시며, 외출을 꺼리시어 식사를 함께하지는 못했다.

　그 이후 나는, 이분께 한국전 참전에 대한 고마운 마음을 어떻게 전하면 좋을까 깊이 생각하게 되었다. 그분은 식사도 집에서만 하시며 매우 조심스럽게 일상을 보내고 계셨다.

나는 휴스턴 주재 한국 영사관에 전화를 걸어 이런 분이 계시다고 알리고, 혹시 한국 정부 차원에서 감사의 뜻을 표할 방법이 있는지 문의를 드렸다. 그러자 영사 한 분과 통화가 연결되어, "한국전 참전 증빙 서류인 DD214가 있으면 '평화의 사도 메달(Peace Ambassador Medal)'을 한국 정부 명의로 보내드릴 수 있다"라는 안내를 받았다.

나는 곧 그분께 연락드려 DD214 서류를 받아 신청서를 작성하고, 이를 영사관에 이메일로 제출했다. 며칠 후, 곧 메달을 해당 주소로 발송할 예정이라는 회신을 받았다. 그리고 나는 코리안 저널 기자 한 분과도 협의했다. 메달이 도착하면, 그분의 사진을 함께 촬영해 기사화하기로 하였고, 그 기사를 영문으로도 번역해 함께 전달하자는 데 뜻을 모았다.

1950년 6·25 전쟁으로 나라가 폐허가 되었던 대한민국이, 75년이 지난 지금 경제적으로 크게 성장하고 선진국의 반열에 오를 수 있었던 것은 바로 이런 분들의 헌신과 희생이 있었기 때문이 아닐까 하는 생각이 들었다.

진심으로 감사한 마음으로, 그분의 남은 삶에 작은 기쁨이라도 전할 수 있다면 좋겠다는 마음을 품게 되었다.

이처럼 귀한 분을 만나게 된 것, 그 자체가 하나님의 은혜요, 참으로 감사한 인연이다.

감사와 행복으로의 초대

얄미운 다람쥐를 용서해 주었다

　나는 나무를 심고 채소를 키우는 것을 아주 좋아하는 취미를 가지고 있다. 왜냐하면 나는 농부의 아들로 태어났고, 어릴 때부터 농사 짓는 모습을 보며 자라왔기 때문이다. 그래서 우리 집 백야드에는 여러 종류의 나무들을 키우고 있다. 그중에서도 한국에서는 흔하지만, 미국 남부에서는 드문 대추나무를 두 그루 심어 오래전부터 가꾸어 오고 있다.

　한국에서는 보통 가을에 한 번만 수확하지만, 텍사스 남부의 더운 기후 덕분에 내가 사는 이곳에서는 일 년에 두 번 대추를 수확할 수 있다. 보통 6월에 한 번, 그리고 10월에 한 번 더 수확하게 된다. 여름에 수확하는 대추는 맛은 있지만 약간 부드럽고, 가을 대추는 맛도 좋고 좀 더 단단한 편이다.

　나는 대추를 수확하면 햇빛에 말려 냉동고에 보관해 두고, 1년 동안 필요할 때 꺼내어 사용하곤 한다. 아내는 삼계탕을 끓일 때나 겨울철 감기 기운이 있을 때 대추와 생강을 넣고 달여 꿀을 타서 마시는데, 그럴 때 이 대추를 유용하게 사용한다.

그래서 대추 농사가 잘되면 마음이 참 푸근하다. 굳이 따로 대추를 사지 않고, 직접 키운 대추로 1년을 보낼 수 있기 때문이다.

올여름에도 대추가 많이 열렸다. 수확할 날만 기다리고 있었는데, 여우 다람쥐가 대추를 계속 따먹고 있는 모습을 보게 되었다. 주변에서 자주 보이는 동물인데, 평소엔 귀엽고 나무를 잘 타서 좋아했었다. 그런데 어느 날부터 대추를 따서 먹기 시작한 것이다.

그래서 나무에 못 올라오게 망을 두르고 비닐 커버도 씌워보았지만, 다람쥐는 아랑곳하지 않고 매일 대추나무를 오르락내리락하며 대추를 하나씩 따먹기 시작했다. 원래는 대추가 완전히 익을 때까지 기다리는 편인데, 올해는 다람쥐 때문에 조금 이르게 수확하게 되었다. 지금은 햇빛에 말리는 중이다.

나는 평소에도 동물들이 집 주위에서 함께 사는 것을 좋아하는 편이다. 그래서 새집도 만들어 주고, 사막 거북이도 백야드에서 키우고 있다. 여우 다람쥐도 귀엽게 생각해 왔는데, 며칠 동안은 얄미운 마음이 들어 다람쥐가 조금 밉게 느껴졌다.

그래서 아내에게 "잡아서 집에서 멀리 떨어진 곳에 데려다줄까?" 하고 물었더니, 아내가 말하길 "가끔 구경도 하고, 그냥 두자."라고 해서 나도 대추 수확을 조금 앞당기기로 하고, 그 얄미운 다람쥐를 그냥 용서해 주기로 했다.

그리고 무화과나무 열매는 다람쥐가 매일 즐겨 먹고 있어서, 이제는 다람쥐와 사람이 누가 먼저 익은 것을 보느냐에 따라 따먹는 쪽이 임자가 되었다. 내가 심은 나무에서 자라난 열매를 동물들과 나눠 먹을 수 있다는 것, 그리고 우리 집 주위에 다양한 동물들이 함께 어울려 살아가는 것에 대해 감사한 마음이 든다.

감사와 행복으로의 초대

이로운 새들과 함께 살아가는 기쁨

　나는 시골 농촌에서 자라며 어릴 때부터 새를 무척 좋아했다. 새를 너무 좋아한 나머지, 한 번은 박새 한 마리를 잡아 새장 안에 넣어두고 물과 모이를 주며 키운 적이 있다. 그러나 새는 내가 주는 모이를 먹지 않았다. 그리고 얼마 지나지 않아, 그 박새가 짝이었던 듯 다른 한 마리가 먹이를 물고 와서 새장 안의 새에게 먹이를 주는 모습을 보았다. 어린 마음에 그저 새를 내 곁에 두는 것이 즐거웠지만, 지금 생각해 보면 새의 자유를 내가 가둬버린 셈이었다. 게다가 짝을 지어야 할 두 마리를 억지로 떼어 놓은 셈이다. 결국 며칠 후, 나는 그 새를 자연으로 다시 돌려보냈다.

　지금 돌이켜보면, 내가 새를 좋아한다고 하면서도 어릴 적 새에게 정말 못된 짓을 했다는 생각에 미안한 마음이 든다.

　그래서 어른이 된 후에는 새들과 친하게 지내되, 새들이 편하게 머물 수 있도록 물과 모이를 챙기고, 새들이 좋아하는 새집을 만들어 주는 일을 좋아하게 되었다. 15년 전, 아들과 함께 조립한 새 콘도를 집 뒤뜰에 높이 달아 주었고, 매년 봄이면 우리 집으로 날아온 새들이 자유롭게 날아다니며 그 보금자리를 사용하게 했다. 새들에게는 집 사용료를 전혀 받지 않는다. 하지만 나는 아침저녁으로 그들을 바라보는 것만으로도 기쁘고 즐겁다. 새들은 나를 두려워하지 않고, 내가 가까이 가도 도망가지 않는다. 마치 오랜 친구처럼 느껴진다.

5월이면 이 새들은 알을 낳고, 아기 새들이 태어난다. 부모 새들은 여기저기서 모이를 물고 와 아기 새에게 먹이고, 하늘 높이 날 수 있도록 훈련을 시킨다. 그리고 겨울이 오기 전, 아기 새들을 데리고 남쪽으로 먼 여행을 떠난다. 이듬해 봄이면 다시 우리 집으로 돌아온다. 그래서 봄이 되면, 나는 그들이 돌아오기를 기다리며 하늘을 자주 올려다본다. 마치 멀리 떠난 친구들이 무사히 돌아오기를 바라는 마음처럼 말이다.

우리 집 뒤뜰에 찾아오는 이 새는 제빗과에 속하며, 정확한 이름은 보랏빛 북미 제비(Purple Martin)다. 한국에는 서식하지 않는 종이다. 매년 6~8마리 정도가 찾아오는데, 올해는 10마리 이상이 왔다. 하지만 15년 전 설치해 준 새집이 많이 낡아, 새들이 서로 좋은 자리를 차지하려 다투는 모습을 보고 마음이 안 좋았다. 그래서 더 많은 새가 들어올 수 있도록 새로운 스타일의 새집을 주문해, 내가 운영하는 사무실에서 직원과 함께 조립하고 다시 뒤뜰에 설치해 주었다.

Purple Martin의 아기 새는 배설물을 젤리처럼 얇은 막으로 감싼 배설 주머니 형태로 내보낸다고 한다. 어미 새는 그것을 곧바로 입으로 물고 둥지 밖으로 날아가 버린다. 어떤 경우엔 그 주머니를 삼키기도 한다. 또한 어미 새들도 새집이나 주변에서는 배설하지 않는다. 그래서 새집 주변은 항상 깨끗하고, 내부도 청결하게 유지된다.

이 새들은 하루에 약 2,000마리의 곤충을 잡아먹을 수 있다고 한다. 모기뿐 아니라 여러 종류의 해충을 먹는다. 그래서인지 우리 집 주변에는 모기가 거의 없다.

아침저녁이면 이 새들은 하늘 높이 날아오르며 나에게 인사라도 하듯 묘기를 보여 주고, 알을 낳고 아기 새들이 자라는 모습을 가까이에서 보여 준다. 여러모로 참으로 이로운 새들이다.

그래서 나는 이 새들을 위해 새 콘도 두 채를 마련해 주었다. 하나는 오래된 12칸짜리 집이고, 새로 설치한 것은 16칸으로 구성되어 있다. 설치한 다음 날, 벌써 16칸 중 가장 좋은 자리를 한 쌍의 새가 차지하고, 지푸라기를 물어 나르는 모습을 볼 수 있었다.

이 새들을 위해 집을 지어주고, 그들을 바라보며 나 또한 많은 즐거움과 유익을 얻게 되는 것에 깊은 감사를 느낀다.

이처럼 나도 하나님께 기쁨을 드리고, 즐겁게 해드릴 수 있는 일들을 하며 살아야겠다는 생각이 든다. 또한 새들이 자기 집 주변을 항상 깨끗하게 유지하는 것처럼, 나 역시 내 집과 사무실, 그리고 내가 속한 공동체를 언제나 청결하고 정돈된 상태로 유지하며 살아가야겠다고 다짐하게 된다.

마지막으로, 이 새들이 모기와 해충을 없애 우리 집 주변을 쾌적하게 만들어 주는 모습을 보면서, 나도 주변 사람들에게 유익한 사람이 되기 위해 도움이 될 수 있는 일을 더 많이 찾아 행해야겠다는 생각이 든다.

이렇게 아름다운 새들을 내게 보내주시고, 그들과 함께 교감하며 즐길 수 있는 환경을 주신 하나님께 진심으로 감사드린다.

우아한 아침, 감사로 차린 식탁

아침 식사에 대한 개념은 옛날과 현대가 아주 다르다. 옛날에는 아침을 든든하게 먹어야 하루를 버틸 힘이 생긴다고 믿었다. 실제로 농사를 짓거나 육체노동을 해야 했기에 아침부터 밥 한 상을 거뜬하게 먹는 것이 일반적이었다. 그러나 현대에 와서는 아침을 든든하게 챙겨 먹는 사람도 있지만, 아주 간단하게 먹거나 아예 먹지 않는 사람들도 많아졌다.

특히 젊은 세대는 아침을 건너뛰며 다이어트하거나, 간단히 커피 한 잔과 함께 가벼운 요깃거리로 식사를 대신하는 경우도 자주 보게 된다.

나 역시 50대 중반까지는 매일 아침밥을 먹었다. 하지만 50대 후반에 접어들면서, 딸들의 권유와 도움으로 아침 식사를 좀 더 간단하고 영양가 있게 바꾸게 되었다.

큰딸 집을 방문했을 때, 딸이 오트밀과 과일로 아침을 준비해 주었는데 먹어보니 의외로 든든하고 상쾌했다. 그 후 집으로 돌아온 나는 아내에게 따로 식사를 차려 달라고 하지 않고, 냉장고에 있는 과일과

감사와 행복으로의 초대

계란, 오트밀 등을 스스로 준비해 먹기 시작했다. 나 혼자서 간편하게 건강한 식사를 챙길 수 있다는 점이 무척 즐겁고 감사하게 느껴졌다.

그러던 중, 둘째 딸이 우리 집에 방문했을 때 아침 식사를 준비해 준 적이 있다. 와플과 과일, 삶은 계란으로 차려진 식탁은 보기에도 좋았고, 먹을 때도 맛있고 배가 든든했다. 그때 딸에게 와플 만드는 방법을 배우게 되었고, 와플 기계에 반죽을 넣으면 3분 만에 따끈한 와플이 나오는 것도 신기했다. 생각보다 간단하고 재미있어서 그때 부터 아침마다 내가 직접 와플을 만들어 먹기 시작했다.

처음에는 반죽의 양을 조절하는 것이 어려웠지만, 1주일 정도 지나 자 와플 가루, 물, 생계란의 비율을 적절히 조절하면서 맛있고 바삭 한 와플을 완성할 수 있게 되었다.

이제는 여러 가지 과일과 삶은 계란을 곁들이고, 와플 위에 꿀을 살 짝 바른 후 칼로 잘라 포크로 천천히 먹는다. 그렇게 먹다 보면 나의 아침 식사 시간은 조금 길어지지만, 마음은 참 우아하고 고상한 느낌 이 든다. 여유로운 아침의 품격이랄까.

그래서 나는 아침에 시간이 있는 분들에게 이런 식단을 추천하고 싶다. 직접 와플을 구워 과일과 함께 먹는 아침 식사는 건강에도 좋 고, 하루를 기분 좋게 시작할 수 있는 좋은 방법이다.

그리고 무엇보다, 아침에 아내가 차려주는 식사를 기다리기보다는, 스스로 아침을 준비해서 아내와 함께 나누는 것도 작지만 소중한 사 랑의 표현이 될 수 있다고 생각한다.

이렇게 좋은 아침 식사의 아이디어와 방법을 알려준 두 딸에게 참 으로 고맙고, 오늘도 상쾌하고 감사한 아침을 맞이하게 됨에 마음 깊 이 감사드린다.

4부

사랑하는 가족, 감사의 시작

순간의 선택, 평생의 은혜

　나는 평일에 사무실에 출근하면 제일 먼저 큐티(QT) 시간을 가진다. 성경 말씀 한 구절을 공책에 적은 뒤, "감사합니다", "사랑합니다"라는 문구를 열 번을 적는다. 그리고 기도 제목들을 읽고, 성경을 읽고, 기도한 후 일과를 시작한다.

　오늘 읽은 말씀 중 특히 마음에 깊이 와닿은 구절이 있었다.

　"아내를 얻는 자는 복을 얻고 여호와께 은총을 받는 자니라." (잠언 18
　장 22절)

　이 말씀을 읽자마자 제일 먼저 떠오른 사람이 바로 사랑하는 나의 아내였다. 나의 아내는 나의 첫사랑이자 마지막 사랑이다. 예전에 한국의 어떤 광고에서 "순간의 선택이 10년을 좌우한다"라는 문구가 있었는데, 나에게는 순간의 선택이 평생을 좌우하는 일이 되었다.

　내 평생 가장 감사한 일 중 하나는 어머니로부터 신앙의 유산을 물려받아 하나님을 믿게 된 것이다. 그리고 초등학교 6학년 때 만나게

　　　　　　　　　감사와 행복으로의 초대

된 소녀와 27세에 결혼하여 가정을 이루고, 세 자녀를 낳아 믿음의 가정으로 잘 세워지게 된 것이 또 다른 감사의 이유다. "아내를 얻는 자는 복을 얻는다"라는 잠언 말씀은 나의 삶에 그대로 이루어진 진리였다. 아내를 만나게 해 주신 하나님 은혜 앞에 그저 감사할 뿐이다.

돌이켜보면 나의 '순간의 선택'은 이미 초등학교 6학년 때였던 것 같다. 옆 동네에 살던, 조용하고 얌전한 한 소녀가 내 눈에 들어왔다. 그때부터 내 마음에는 오직 그녀만이 자리를 잡았고, 지금까지도 변함이 없다.

얼마 전 큰딸 집을 부부가 함께 방문했는데, 나는 일주일 후 먼저 집으로 돌아오고 아내는 여름 방학 동안 손주들을 돌보기 위해 2주간 더 머물렀다. 그 후로 혼자 잠을 자게 되면서 아내가 꿈에 자주 나타난다. 초등학교 시절 내가 좋아했던 그 소녀의 모습이 아니라, 지금 아내의 모습으로 나타나서 내 곁을 지켜 준다. 함께 있지 못하니 꿈에서라도 만나는 것 같다.

매일 밤, 잠들기 전, "자나요?"라는 메시지를 아내에게 보내면 곧바로 전화가 걸려 온다. 우리는 그날 있었던 이야기를 나누고 마지막에는 서로 "ILY(I Love You)"라고 인사를 나눈다. 그렇게 대화를 마치고 잠이 들면, 아내가 꿈에 찾아와 다시 함께 있는 듯한 평안함을 느낀다.

오늘도 하루를 무사히 마치고, 사랑하는 아내를 꿈에서 만날 것을 기대하며 감사한 마음으로 잠자리에 든다. 내 평생 가장 귀한 선택, 순간의 선택이었지만 하나님께서 허락하신 은혜의 만남 덕분에 지금도 행복하다.

형님과 함께한 감사의 시간

　나에게는 네 살 위의 형님이 계신다. 내가 초등학교 1학년이었을 때, 학교에서 급식으로 옥수수빵을 나누어 주면 나는 내 몫을 금세 다 먹고는 형님의 교실로 가서 형의 것을 더 달라고 하곤 했다. 그러면 형은 자기 빵을 반으로 잘라 아무렇지 않게 나누어 주곤 했다. 그런 형님은 지금도 늘 베풀 줄 아는 분이다.

　형님은 오랫동안 한국에서 방수 사업을 해 오셨다. 사업에 필요한 원재료와 기술에 대해 새로운 아이디어를 꾸준히 내어 특허를 신청하셨고, 여러 건의 특허권을 가지고 안정적으로 사업을 이어가고 계신다.

　공자의 인생관을 집약한 『논어』 학이편 첫머리에 이렇게 기록되어 있다.

　"배우고 때로 익히면 또한 기쁘지 아니한가. 벗이 있어 먼 곳에서 찾아오니 또한 즐겁지 아니한가. 남이 나를 알아주지 않더라도 성내지 않음이 또한 군자가 아니겠는가."

　　　　　　　　　감사와 행복으로의 초대

형님은 이 말씀처럼 늘 배우고 익히는 삶을 사신다. 무언가를 보면 더 나은 방법을 구상하고, 아이디어를 내며, 글을 쓰는 일을 참으로 즐기신다. 그 결과 지금까지 보유한 특허도 상당히 많다. 또한 3년 전에는 에세이집을 출간하셨고, 시를 즐겨 쓰는 시인이시다. 2021년에는 『연인』 가을호에서 신인문학상 수필 부문으로 등단하시기도 했다. 앞으로 소설집과 시집을 출간하는 것이 형님의 꿈이라고 하니 참으로 멋진 삶의 여정이다.

얼마 전, 텍사스 휴스턴에 있는 병원에서 1년간 안식년과 연수를 보내고 있는 형님의 딸 집을 방문하셨다가 우리 집에도 들르게 되었다. 공자의 말씀처럼 '벗이 있어 먼 곳에서 찾아오니 즐겁다' 하였는데, 벗보다 더 가까운 혈육인 형님 가족이 우리 집을 방문하니 기쁨이 배가 되었다. 오래 머물렀으면 했지만, 이미 다른 여행 일정이 있어 잠시 머무르기로 하셨다.

형님 가족의 방문을 앞두고 며칠 전부터 아내와 함께 여러 음식을 준비했다. 미리 장을 보아 갈비, 불고기, 잡채, 배추 소고깃국 등 푸짐한 음식을 마련했다. 손님이 많아 미국식으로 부엌에 음식을 차려두고 각자 원하는 음식을 덜어가는 뷔페 형태로 저녁을 준비했다. 함께 준비한 저녁 식사를 맛있게 즐길 수 있어 참으로 감사했다. 저녁 식사 후에는 캠프파이어를 하며 고구마와 군밤을 구워 먹으려 했지만, 손님들이 미국 문화를 경험하길 원해 시립 공원으로 향했다. 그곳에는 야외 테니스 코트가 15개, 농구장이 두 개 있었고, 우리는 피클볼을 치며 즐거운 시간을 보냈다.

다음 날 아침에는 내가 평소에 먹는 오트밀 아침 식사법을 형님 부부께 소개했다. 만드는 과정을 보여드리니 흥미로워하시며 직접 함께 드서 보셨는데, 맛있게 드시는 모습이 보기 좋았다.

우리 집은 아이 셋이 출가한 뒤로 방 네 개 중 세 개가 비어 있다. 그래서 형님 부부와 조카 가족이 각각 방을 쓰도록 했다. 그런데 조카의 둘째 아들, 곧 형님의 막내 외손자가 "할머니, 할아버지와 같이 자겠다"라며 형님 부부방으로 갔다. 그 방에는 침대가 하나뿐이어서 손자가 침대 밑에서 자는 줄 알았는데, 알고 보니 손자는 형수님과 함께 침대에 눕고, 형님은 손자에게 잠자리를 양보하고 바닥에서 주무셨다고 한다. 새벽 세 시에 잠이 깼다 하셨지만, 손자를 향한 사랑 때문에 오히려 기쁘게 여기시는 모습이었다.

형님은 화를 잘 내지 않는 분이다. 웬만한 일은 다 이해하고, 항상 좋은 방향으로 이끌어 가신다. 그런 형님이 내 형님이시라는 사실이 자랑스럽고 존경스럽다.

형님께서 한국에서 미국까지 와 주셨으니, 형님이 원하시는 것을 해드리고 싶었다. 그래서 다음 날 아침, 형님 부부와 큰손자 네 명이 함께 골프를 치며 운동했다. 한국과는 다른 풍경의 골프장과 주변 모습을 보시며 즐거워하시는 모습이 참 보기 좋았다. 점심은 함께 외식하며 즐겁게 시간을 보냈고, 마지막으로 우리 집 앞에서 다 같이 사진을 찍으며 방문 일정을 마무리했다.

형님 부부는 "잘 와봤다"라며 만족스러워하셨고, 그 모습에 나도 기쁨이 컸다. 떠나는 순간에도 형님은 차 창문을 내리고 손을 흔들어 주셨다. 그 따뜻한 모습이 내 마음에 오래 남았다.

감사와 행복으로의 초대

손주와 친구 되는 비결

나는 손주가 다섯 명 있다. 모두 집에서 멀리 떨어져 살아 자주 보지는 못하지만, 어린 손주들과는 언제나 가까운 친구 같은 관계다. 손주들과 친구가 되기 위해 내가 실천하는 비결을 나누고 싶다.

첫째, 아이들이 멀리 떨어져 있어도 화상 통화를 자주 하며 어릴 때부터 아이들이 좋아하는 동요(〈산토끼〉, 〈송아지〉, 〈곰 세 마리〉 등)를 불러준다. 그러면 실제로 만났을 때도 동요를 불러주면 아이들이 낯가림 없이 금세 마음을 연다.

둘째, 두세 살쯤 자란 손주들과 가까워지려면 화상으로 볼 때마다 "사랑해"라고 말해주는 것이 효과적이다. 실제로 만날 때도 허그를 자주 해 주고 "사랑해"라는 말을 반복해서 들려주면 아이들은 사랑을 느낀다. 그리고 함께 놀아줄 때는 오로지 아이에게 집중하는 것이 중요하다.

셋째, 손주와 친구가 되려면 아이들의 눈높이에 맞추어 놀아주어야 한다. 어린아이들은 순수하고 솔직하며 꾸밈이 없다. 자신을 사랑해주는 사람을 금방 알아본다. 그러므로 손주와 같은 수준에서 함께 놀아주는 할아버지를 아이들은 무척 좋아한다.

넷째, 손주와 '정식 친구'가 되기 위해서는 함께 많이 놀아주는 것도 중요하지만 이름 뒤에 "친구"라는 말을 붙여 불러주는 것이 좋다. "○○○ 할아버지 친구"라고 말하면 아이도 따라 "할아버지 친구"라고 해 준다. 그럴 때는 "고마워", "땡큐"라고 웃으며 칭찬해 주면 아이가 먼저 "친구"라고 말해줄 정도로 가까워진다. 그러면 서로 대화하고 함께 노는 진짜 친구가 된다.

다섯째, 친한 친구가 되고 나면 밥을 먹을 때나 무언가를 먹을 때, 아이가 할아버지 몫을 먼저 챙겨주려 한다. 그럴 때 느껴지는 행복감은 말로 다할 수 없다.

어제는 나의 가장 어린 친구, 다섯 번째 손주(둘째 딸의 둘째 아들)의 돌잔치였다. 돌상을 차리고 기념사진도 찍고 돌잡이도 했는데 붓을 잡았다. 엄마 아빠를 닮아 공부를 열심히 하게 될 것 같아 웃음이 나왔다. 손주들의 돌상은 늘 할아버지인 내가 준비한다. 거창하지는 않지만, 과일과 꽃으로 실속 있게 차려 사진도 찍고 함께 나눠 먹을 수 있어 늘 감사하다.

다섯 손주를 주신 하나님께 진심으로 감사드린다. 앞으로 2~3명의 손주가 더 생기기를 소망하며 기도한다. 딸 둘과 아들 하나를 주신 하나님께서 각 자녀의 가정에도 2~3명의 자녀를 허락하시어 그 자손 대대로 하나님의 축복 통로가 되기를 바란다. 그들을 통해 하나님의 영광이 더욱 드러나기를 간절히 기도한다.

감사와 행복으로의 초대

손주들과 함께 맞이한 감사한 새해

지난 한 해를 잘 지켜 주시고 새해를 허락하신 하나님께 먼저 감사의 마음이 든다. 해가 바뀔 때마다 가족과 함께 모이는 시간은 가정의 소중함을 다시금 느끼게 해 준다. 이번에는 큰딸 집만 방문하고, 다른 자녀들은 이미 11월에 만났기에 각자 집에서 새해 아침을 맞이했다. 대신 온라인 화상 통화로 서로 얼굴을 보며 새해 인사를 나눴다. 각 가정이 돌아가며 한 해 동안 감사했던 일을 나누는 시간이 되어 더욱 뜻깊었다.

손주는 다섯 명. 늘 손주들에게 "너는 할아버지 친구야"라고 말하면, 손주들도 "할아버지 친구~"라며 따라 해 준다. 그 짧은 한마디가 하루를 따뜻하게 만든다.

크리스마스부터 새해 첫날까지 큰딸 집에서 머물다가, 1월 1일 오후에 비행기로 집에 돌아왔다. 새해 아침에는 아이들이 세배드리는 시간을 가졌다. 미국에서는 보통 "해피 뉴 이어." 인사와 함께 포옹으로 새해를 맞지만, 한국 전통의 절 문화도 함께 알려주고 싶어 일부러 세배하는 시간을 가졌다.

세 손주는 기쁘게 절을 하고 "새해 복 많이 받으세요."라고 인사를 잘했다. 아내는 미리 준비한 봉투에 세뱃돈을 넣어 두고 아이들에게 하나씩 건넸다. 막내 손주는 봉투 안을 열어보고는 누나들에게 금액을 귀엣말로 속삭였다. 어린아이도 돈의 가치를 자연스럽게 알아가고 있다는 생각이 들었다.

나는 먼저 집에 왔고, 아내는 손주들 방학 기간에 며칠 더 아이들을 돌봐주기로 했다. 다음 날 아침, 아내에게 전화가 왔다. 막내 손주가 할아버지가 보고 싶다며 전화를 졸랐다는 것이다. 잠시 통화를 하다 보니 아이가 얼굴도 보고 싶다며 영상통화를 요청했다.

화면 너머로 손주를 바라보며 "하엘이, 할아버지 친구~ 사랑해! 너는 할아버지의 자랑이야"라고 말하자, 아이도 똑같이 따라 했다. 그 모습을 보며 마음이 참 따뜻하고 행복해졌다.

큰딸의 자녀 셋, 작은딸의 자녀 둘. 다섯 명 모두 나의 친구 같은 존재다. 큰딸은 거의 매일 전화를 주고, 둘째 딸은 영상통화로 아이들의 모습을 자주 보여 준다. 그 작은 관심과 연결 덕분에 매일이 감사하다.

새해에도 다섯 손주가 건강하게 자라고, 하나님을 사랑하며 자라나길 소망한다. 그리고 아들 가정에도 자녀가 생겨, 더 많은 어린 친구들과 함께 믿음의 가정을 이뤄 가길 기도한다.

손주들과 함께하는 행복

　자녀가 셋이나 있지만, 막내가 대학에 진학한 10년 전부터는 커다란 집에 아내와 단둘이 지내고 있다. 아이들이 쓰던 방은 그대로 남겨두었지만, 이제는 자녀들이 집으로 오는 것보다 우리가 자녀 집으로 찾아가는 것이 더 편리해졌다. 모두 비행기를 타야 하는 거리라 쉽지는 않지만, 큰딸 집에는 올해 3월에 이어 이번에도 다시 방문하게 되었다. 손주들과 함께 지내는 시간은 결코 지루하지 않고, 몇 날 며칠이 금세 지나가 버린다.

　지난주 화요일, 비행기를 타고 세 시간을 날아와 손주들과 지내는 동안 마음이 즐겁기만 하다. 특히 막내 외손자는 이제 네 살인데, 늘 할아버지를 친구처럼 따른다. 석 달 전에는 스파이더맨 신발을 사달라고 해서 사주었는데, 두 발로 밀며 타는 자전거를 자주 타다 보니 신발 앞부분이 다 닳아버렸다. 오랜만에 다시 만난 손자는 또 같은 신발을 사달라고 했고, 나는 즐거운 마음으로 약속을 지켜 주었다. 새 신발을 선물 받은 손자는 "감사합니다"를 연발하며 나와 신나게 놀았다.

손녀들도 할머니, 할아버지를 무척 좋아하고 잘 따른다. 자녀들이 하루에 한 번씩 전화하거나 화상 통화를 하면서 손주들을 보여 주니, 참으로 고맙고 감사하다. 문득 25년 전, 우리 가족이 미국에 이주한 후 한국에 계신 어머니께 내가 매주 한 번씩 20년간 전화를 드렸던 기억이 떠오른다. 아이들이 어릴 때는 셋 모두와 아내가 함께 통화를 마친 뒤, 마지막에 내가 어머니와 대화를 나누곤 했다. 그 모습을 보며 자란 아이들은 출가한 뒤 지금까지도 하루에 한 번, 혹은 일주일에 여러 번씩 연락을 주고 손주들의 모습을 보여 준다. 참으로 행복한 마음이다.

물론 자녀들 가까이 살면 손주들을 더 자주 볼 수 있겠지만, 아직은 내가 하고 싶은 일들을 이어가고 싶고 오래 살아온 이곳에 정이 들어 쉽게 옮기고 싶지는 않다. 대신 아내와 함께 자녀들 집을 자주 방문하거나 화상으로 얼굴을 보는 것만으로도 충분히 감사하다. 지난 4월에는 아들 집에 온 가족이 모였고, 이번 달에는 큰딸 집에, 다음 달 7월에는 작은딸 집을 방문할 계획이다.

이제는 자녀들 집에 갈 때마다 나를 반갑게 맞아 주는, 친구 같은 손주들이 있어 나는 참으로 행복하고 감사하다. 이렇게 감사할 제목들을 날마다 허락해 주시는 하나님께 더 감사드리며 살아가야겠다고 다짐한다.

감사와 행복으로의 초대

손녀와 할머니의 취미가 같아지니
나도 즐겁다

아내의 취미는 독서이다. 성경 읽기는 물론이고 신앙 에세이와 다양한 장르의 책을 즐겨 읽는다. 또한 요가를 통해 몸과 마음의 건강을 지켜왔다. 오랫동안 집에서 혼자 요가를 해오다가 최근에는 요가 교실에 다니기 시작했는데, 땀을 흘리며 수업받는 것을 무척 좋아한다.

그런데 최근 아내에게는 더욱 특별한 취미가 하나 더 생겼다. 9살 된 외손녀가 하는 활동들을 따라 하기 시작하면서 하루의 여유 시간을 새로운 배움과 취미로 보내게 된 것이다. 그중 하나가 바로 첼로다. 손녀가 첼로를 배우기 시작하자, 아내도 레슨을 받겠다며 등록하고는 하루에 몇 시간씩 연습하고 있다. 손녀와 통화할 때마다 진도를 확인하고, 뒤처지지 않으려 애쓰며 열심히 연습하는 모습이 참 대견하다.

어느 날 아내가 손녀에게 "할머니는 아직 네 실력을 따라가지 못한다"고 말했더니, 손녀는 "제가 먼저 시작했기 때문에 그렇지, 할머니도 곧 잘하실 수 있어요."라며 용기를 주었다. 그 말을 들은 아내는 더욱 신이 나서 연습에 매진하고 있다.

이번 추수감사절 교회 감사 찬양제에서 아내는 첼로 연주와 함께 찬송가를 불러보자고 나에게 제안했다. 나는 크리스마스 때쯤 하면 좋겠다고 생각했지만, 추수감사절에 해보겠다는 아내의 열정을 보며 기꺼이 함께하기로 했다. 우리가 준비하는 곡은 〈넓은 들에 익은 곡식〉. 연습할수록 즐거운 마음이 들고, 젊은 교인들 앞에서 함께 찬양할 것을 생각하니 벌써 가슴이 설렌다.

그뿐만 아니라 손녀가 학교 숙제로 돈키호테를 읽게 되자, 독서가 취미인 아내는 같은 책을 주문해 함께 읽기 시작했다. 요즘은 손녀와 통화할 때 책의 내용을 이야기 나누는 모습이 참 보기 좋다. 책 속 주인공 돈키호테의 고향이 스페인 마드리드 남부의 '라 만차'라는 사실을 알게 된 후, 큰딸 가족이 우리 부부를 초대해 내년 3월 함께 스페인 여행을 하기로 했다.

손녀와 아내의 취미가 같아지고 읽는 책도 같아지니, 할아버지인 나는 덕분에 좋은 구경을 하게 되는 셈이다. 생각할수록 감사한 마음이 든다.

최근에 읽은 김형석 교수(104세)의 책 『백년을 살아보니』에는 이런 구절이 있다.

> "60대 여성들에게 어떤 사람이 행복한가를 물었더니, (…) 행복을 찾아 누린 사람은 세 가지로 나타났다. 공부를 시작한 사람, 취미 활동을 계속한 사람, 봉사활동에 참여했던 사람들이었다."
>
> - 김형석, 『백년을 살아보니』, 덴스토리, 2016, p.257

나의 아내는 60대 중반이지만 손녀가 하는 일들을 따라 배우며 첼

　　　　　　　　　감사와 행복으로의 초대

로 연주와 독서를 즐기고 있다. 배움과 취미를 통해 새로운 행복을 찾아가는 모습이 참으로 아름답고, 그 곁에서 함께할 수 있는 나 또한 감사하다.

이렇게 행복한 시간을
보내도 되는 것일까?

　첫째 딸이 온 가족이 함께 해외여행을 떠난다고 석 달 전에 연락을 주었다. 그러고는 엄마, 아빠도 같이 가자고 했다. 지난 6월 중순에 딸 집을 방문했는데, 두 달 만에 큰딸 가족들과 다시 여행을 함께하게 된 것이다. 외손녀 둘과 외손자 하나, 셋의 손주들은 할머니와 할아버지를 무척 좋아한다. 그래서 늘 같이 있고 싶어 했고, 이번에는 5박 6일 동안 미국과 브라질의 중간 지점인 중앙아메리카 코스타리카로 여행을 떠나게 되었다.

　코스타리카는 한국 면적의 4분의 1 정도 크기에 인구는 약 520만 명이다. 국토의 절반 가까이가 원시림으로 덮여 있고, 생물 자원이 풍부하다. 고급 커피로 유명하며, 파인애플은 세계 최대 생산국이다. 또한 미국에서 많은 사람들이 찾는 관광지로도 잘 알려져 있다. 미주 지역에서 가장 행복지수가 높은 나라로 꼽히며, 세계 순위에서도 12위에 해당한다. 군대가 없는 몇 안 되는 나라 중 하나라 치안도 안정적이다. 동쪽과 서쪽이 바다로 둘러싸인 나라답게 해안가를 중심으로 수많은 호텔과 리조트가 들어서 있다.

여행지라 하면 주로 유럽을 떠올리기 쉽다. 동유럽, 서유럽, 북유럽, 스페인 등 다양한 유럽 도시들이 늘 여행지로 각광받는다. 그러나 미국에서 가까운 코스타리카는 특히 의사나 전문직 종사자들이 휴식을 위해 찾는 나라로 인기가 높다고 한다. 바다와 산, 숲이 어우러진 자연을 마음껏 즐길 수 있기 때문이다. 나 역시 이번에 코스타리카의 작은 도시 리베리아(Liberia) 바닷가에 자리한 휴양지에서 머물며 손주들과 함께 참으로 즐겁게 지냈다. 딸과 사위, 손주들 모두 그곳에서 집으로 돌아가고 싶지 않다며 더 머물고 싶다는 말을 여러 번 할 정도였으니, 그만큼 자연과 주거 환경이 뛰어난 곳이었다.

숙박한 리조트는 바닷가 해안이면서도 숲속에 자리 잡고 있었다. 그래서 원숭이와 이구아나, 이름 모를 동물들을 가까이에서 쉽게 볼 수 있었다. 해변에서는 각종 조개와 작은 바다 생물을 만날 수 있었고, 보트를 타고 나가 스노클링을 하면 바닷속의 아름다운 물고기와 거북이들을 직접 볼 수 있어 즐거웠다. 차로 한 시간 정도 가면 숲속에서 평소 보기 힘든 나무늘보와 예쁜 색깔의 개구리, 뱀들을 볼 수 있었고, 수많은 식물과 함께 산림을 즐길 수 있었다.

숲 주변에서는 커피와 초콜릿의 원료인 카카오나무를 볼 수 있었고, 농장에서 직접 고급 커피와 초콜릿을 만드는 과정을 체험하며 시식할 수도 있었다. 여러 곳에서 커피를 마셔 보았지만, 현장에서 갓 딴 커피 열매를 직접 갈아 내린 커피는 향과 맛이 그야말로 일품이었다.

보통 여행하면 며칠 지나 집으로 돌아가고 싶은 마음이 들기 마련인데, 이번에는 오히려 더 머물고 싶다는 생각이 들었다. 자연과 함께하는 여행이 그만큼 좋았기 때문이다. 오랜만에 컴퓨터와 휴대폰

자판을 두드리지 않고, 그저 자연 속에서 온전히 시간을 보내는 것이 내게도 꼭 필요했던 순간이었음을 깨달았다.

　사랑하는 가족들과 함께 이렇게 즐거운 시간을 누릴 수 있음에 나는 문득 스스로에게 물었다. "이렇게 행복한 시간을 보내도 되는 것일까?" 그 물음은 곧 감사의 고백으로 이어졌다. 하나님께서 허락하신 이 귀한 여행, 이 행복한 시간을 마음 깊이 감사드린다.

　　　　　　　　　　　　　　감사와 행복으로의 초대

돈키호테의 도시에서
피어난 또 하나의 꿈

　나의 아내는 60대 중반이지만, 9살인 큰 외손녀와 취미가 여러 가지로 잘 맞는다. 그중 하나가 바로 독서이다. 작년에 손녀가 『돈키호테』를 읽기 시작하자, 아내도 두 권짜리 두꺼운 책을 주문해 최근까지 완독했다.

　손녀와 책 내용을 이야기 나누다 보니, 자연스럽게 올해 3월에 큰딸 가족과 함께 스페인 여행을 하자는 계획이 생겼고, 예약을 해 두었다. 그리고 드디어 그날이 다가와, 나와 아내는 우리가 사는 곳에서 비행기를 두 번 갈아타고 스페인 마드리드에 도착했다. 큰딸 가족은 네바다주에서 출발해 마드리드에서 호텔에서 만나게 되었다.

　미국 댈러스에서 마드리드까지의 10시간 비행 동안 나는 대부분 잠을 잤다. 한참 자고 있는데 어디선가 알람 소리가 앞에서 계속 울렸다. 앞자리 승객이 자고 있었기 때문에 그 사람의 알람인 줄 알았고, 깨워줄까 하다가 참았다. 주변 사람들도 불평하지 않았다. 그때 아내가 나를 깨우며 내 왼쪽 주머니를 가리켰다. 나는 확신에 차 '내 폰은 꺼 뒀어.'라고 생각했지만, 꺼내 보니 알람이 켜져 있었다.

너무나 미안한 마음이 들었고, 앞사람을 안 깨운 게 그나마 다행이라는 생각이 들었다. 동시에 나이가 들면서 여행 중에도 신중하고 민감해야 할 부분이 많아진다는 것을 절실히 느끼며, 잘 참고 기다려준 나 자신을 다독여 보기도 했다. 하지만 동시에 좀 더 빠르게 상황을 인지하지 못한 나 자신을 돌아보게 되는 시간이었다.

스페인은 서유럽과 유럽연합 내에서 영토 면적이 두 번째로 크고, 인구는 유럽 전체에서 9번째로 많다. 위쪽으로는 프랑스, 왼쪽으로는 포르투갈과 접해 있으며, 바다와 인접한 국토 구조 덕분에 '무적함대'의 축구 강국이라는 이미지도 갖고 있다.

수도 마드리드에서 우리는 3박 4일간 관광을 하게 되었다. 스페인 왕궁, 미술관, 마드리드 대성당 등을 둘러보고, 거리 곳곳을 거닐며 파에야, 염소 고기, 양고기, 문어 등 다양한 스페인 음식을 맛보았다. 익숙하지 않지만, 특별한 맛에 신선함을 느낄 수 있었다.

마드리드에서 1시간 거리에 있는 세고비아를 방문해 수백 년 전 만들어진 수로와 대형 박물관 등을 구경한 후, 다시 2시간 차를 타고 톨레도(Toledo)에 도착했다. 이곳은 과거 스페인의 수도였으며, 『돈키호테』의 저자 미겔 데 세르반테스(Miguel de Cervantes)가 결혼하고 거주했던 도시이기도 하다.

이 도시에는 세르반테스와 『돈키호테』의 흔적이 곳곳에 남아 있다. 상점마다 관련 기념품이 진열되어 있었고, 거리 곳곳에 돈키호테의 상징이 넘쳐났다. 16세기에 쓰인 소설 한 권이 한 도시 전체와 나라 전역에 이런 문화적·경제적 영향력을 끼치고 있는 모습을 보며 감탄이 절로 나왔다. 돈키호테 동상 앞에서 사진을 찍으며, 나는 문득 저자 세르반테스를 깊이 생각해 보게 되었다.

　　　　　　　　　　　　　　감사와 행복으로의 초대

이처럼 한 사람이 남긴 세계적인 명작이 오랜 세월 전 세계 사람들의 사랑을 받고, 스페인에 큰 자긍심과 관광적 가치를 가져다주는 모습을 보며, 내 안에 작은 꿈 하나가 피어났다. 바로, 나 역시 생애에 '베스트셀러 한 권'을 남겨보고 싶다는 꿈이었다.

나는 이미 2년 전, 『크리스천 자녀 교육, 결혼을 어떻게 시켰어요?』와 『축복의 통로가 되는 삶』이라는 두 권의 책을 썼다. 하지만 이번에는 좀 더 널리 읽히고 오래 남을 책 한 권을 반드시 써야겠다는 생각이 들었다. 어떤 주제가 될지는 아직 모르지만, 그 꿈 자체가 이번 여행의 가장 큰 수확이었다. 그리고 집으로 돌아가면 『돈키호테』 원서를 꼭 읽어봐야겠다는 결심도 생겼다.

함께 여행 중인 큰딸은 기다리는 시간을 헛되이 보내지 않았다. 호텔, 기차역, 공항 등에서의 대기 시간에도 아이들과 함께 숙제하며 여행 중 빠진 학업을 하나하나 챙겼고, 나머지 시간에는 가족과 식사하고 잠자며 여행을 알차게 보냈다.

나도 그 모습을 본받아, 마드리드에서 바르셀로나로 가는 기차역에서 한 시간을 기다리는 동안, 그리고 기차로 이동하는 두 시간 반의 시간 동안 이렇게 글을 쓰며 생각을 정리할 수 있었다. 그 시간이 참 감사했다.

오늘 오후부터는 1992년 바르셀로나 올림픽에서 황영조 선수가 금메달을 땄던 그 도시, 바르셀로나에서의 3박 4일 일정이 시작된다.

이렇게 사랑하는 딸 가족과 함께 건강하게 여행할 수 있는 시간과 환경, 그리고 여유를 주신 주님께 감사한 마음이 가득하다.

낯선 땅에서 마주한 익숙한 감사

　나는 이번 스페인 여행을 통해 스페인에 대해 더 많이 알아가는 중이다. 국가 경제 지표인 GDP 순위를 보니, 2025년도 기준으로 한국은 12위, 스페인은 14위에 랭크되어 있었다. 즉, 두 나라의 경제 수준은 거의 비슷하다고 볼 수 있다. 스페인의 면적은 한국의 약 2.3배 크기이지만, 인구는 약 4,800만 명으로 한국보다 약간 적다.

　스페인의 수도 마드리드와 제2의 도시 바르셀로나를 방문해 보니, 출발 전 들었던 이야기와 달리 치안이 매우 안정적이었고, 버스나 지하철의 공공질서 수준도 매우 높다는 인상을 받았다. 예를 들어, 휠체어를 탄 장애인도 버스를 쉽게 탈 수 있도록 시스템이 잘 갖추어져 있었고, 장애인과 노인을 위한 지정 좌석도 마련되어 있었다. 더 감동적인 장면은, 노인이 그 좌석에 앉아 있다가 장애인이 타면 망설임 없이 자리에서 일어나 양보하는 모습이었다.

　지하철에서도, 한 젊은 학생이 발에 깁스하고 탑승하자 중년의 승객이 재빨리 일어나 자리를 양보하는 모습이 인상 깊었다. 양보와 배려가 자연스럽게 스며든, 선진 시민의식을 느낄 수 있었다.

감사와 행복으로의 초대

택시도 안전했고, 바가지요금은 전혀 없었다. 버스, 택시, 식당, 전통시장 어디에서든 신용카드로 간편하게 결제할 수 있어 외국인 여행자로서 매우 편리함을 느꼈다.

음식도 한국인의 입맛에 잘 맞아, 어느 식당에 가든 큰 불편 없이 잘 먹을 수 있었다. 특히 스페인 전통 음식인 파에야(paella)는 노란색(엘로우 파에야)과 먹물(블랙 파에야) 버전 모두 맛이 훌륭했다. 해산물과 함께 지은 밥은 한국인의 입맛에 딱 맞았다. 스페인은 해안과 인접한 도시가 많아 해산물 요리가 매우 다양하고 풍미가 뛰어났다.

바르셀로나에서는 3박 4일간 머물렀는데, 도착 첫날 오후 제일 먼저 방문한 곳은 보케리아 전통시장이었다. 해산물, 과일, 견과류 등 다양한 먹거리들이 가득 진열되어 있었고, 딸기를 사서 먹어보니 크기도 크고 맛도 아주 뛰어났다. 시장 내 식당에서는 해산물, 염소 고기, 파에야, 문어 요리 등을 먹었는데, 이곳에서 먹은 음식이 스페인 전체 여행 중 가장 전통적인 맛을 보여 준 최고의 식사였다고 느꼈다.

바르셀로나 하면 떠오르는 인물은 바로 세계적으로 유명한 건축가 안토니 가우디(Antoni Gaudí)다. 그가 설계한 건축물 중 가장 유명한 것은 사그라다 파밀리아 대성당으로, 1882년에 건축을 시작해 2026년 그의 사망 100주기에 맞춰 완공을 목표로 아직도 건설이 진행 중이다. 내부 관람이 가능하며, 엘리베이터를 타고 꼭대기까지 올라간 후 400개가 넘는 계단을 걸어서 내려오게 되어 있다. 성당은 외관만큼이나 내부도 웅장하고 경건한 아름다움이 가득했다.

가우디가 살았던 구엘 공원도 방문했는데, 약 2시간 동안 공원 안을 돌아다녀도 전혀 지루하지 않은 즐거운 시간이었다. 공원 설계 자체가 보는 이에게 기쁨을 줄 수 있도록 잘 조성되어 있었다. 시내 곳곳에도 가우디의 독특한 건축물들이 많아, 걸으며 쉽게 구경할 수 있는 점도 좋았다.

한 사람의 독창적인 재능으로 인해 도시 전체가 세계적 관광명소가 되고, 경제적으로도 큰 영향을 미친다는 사실을 보며, 우리 대한민국의 젊은 세대들도 K-POP과 한국 문화를 전 세계에 알릴 재능을 마음껏 펼쳐, 한국의 경제와 문화 성장에 기여하기를 바라는 마음이 들었다.

스페인 인구의 약 76%가 천주교인이라고 할 정도로, 시내 곳곳에는 성당과 천주교 관련 건물이 많았다. 그중 인상 깊었던 곳은 기차를 타고 1시간 거리에 있는 몬세라트 수도원이었다. 바위산 꼭대기에 세워진 수도원으로, 신부가 되기 전 훈련을 받는 곳이지만 지금은 미술관도 있고 많은 관광객이 찾는 명소가 되었다. 또한 바르셀로나 중심에는 바르셀로나 대성당이 있어, 성당 앞 광장에는 항상 많은 사람이 모여 사진을 찍고 관광을 즐기는 모습을 볼 수 있었다.

한 번도 가 본 적 없던 스페인은 과거에 매우 강력한 제국이었으며, 멕시코를 무려 400년간 지배했던 역사도 있는 나라였다. 지금은 과거처럼 강대국은 아니지만, 풍부한 건축과 예술 문화유산을 바탕으로 세계적으로 유명한 관광국이 되었고, 사회 질서와 시민의식 또한 매우 안정적이라는 인상을 받았다. 한 번쯤은 꼭 가 볼 만한 나라라는 생각이 들었다.

이렇게 뜻깊은 100번째 감사 일기를 스페인에서 쓰게 된 것은 나에게 특별한 의미가 있다. 나이가 들었지만, 이 여행을 통해 또 다른 하나의 새로운 꿈을 품을 수 있었기에 더욱 감사했고, 이후 이어진 손주들과 즐거운 시간 또한 나에게는 행복하고 감사한 선물이었다.

위기 속에서 더 깊어진 사랑과 감사

손주들의 학교 봄방학에 맞추어, 나와 아내는 딸 집에 머물며 손주들을 돌봐주고 있다. 주말에는 딸과 사위가 집에 함께 있어서 큰 어려움 없이 잘 지낼 수 있었다. 그런데 월요일이 되자 딸 부부는 직장에 출근했고, 오직 나와 아내만이 세 손주를 돌보게 되었다.

나는 주로 만 5세인 외손자와 함께 이것저것 놀이를 하며 시간을 보냈고, 7살과 9살인 외손녀들은 책을 읽거나 피아노를 치고 여러 가지 게임도 하며 자기들끼리 잘 놀았기 때문에 크게 신경 쓰지 않아도 되었다. 다만 아내는 아이들 식사 준비를 해야 하니 평소보다 힘들었을 것이다.

점심을 맛있게 먹고 나서 아내는 집에서 저녁 준비를 계속했고, 나는 세 손주와 함께 놀이터로 나갔다. 놀이터에서 숨바꼭질도 하고, 그네도 타고, 철봉과 암벽 타기 등의 시설에서 한 시간 정도 신나게 놀았다. 아이들이 집에 금방 가기 싫어해 좀 더 놀게 하다가, 각자 자전거를 타고 집으로 돌아왔다. 집에서 10분 거리라 크게 힘들지 않게 오갈 수 있었다.

그런데 집에 거의 다 왔을 무렵, 제일 큰 손녀가 갑자기 자전거에서 중심을 잃고 도로 옆에 있던 플라스틱 휴지통과 부딪히며 넘어졌다. 다행히 자전거 속도가 빠르지 않아서 큰 문제가 없을 거라고 생각했는데, 손녀는 울면서 일어나지 못했다. 어디가 아픈지 묻자, 머리가 아프다고 해서 만져보니 뒤통수에 자두 반 개 크기의 큰 혹이 생겨 있었다. 깜짝 놀란 나는 급히 딸에게 전화했다.

집으로 데리고 와 눕힌 후 얼음찜질하며 딸이 오기를 기다렸다. 딸이 도착한 후, 머리는 중요한 부위이기에 안심할 수 없어 가까운 응급실로 급히 데려갔다. 약 3시간 후 CT 촬영 결과, 머리 뒤쪽에 약 8cm 길이의 골절이 있다는 진단을 받고, 큰 병원의 전문의 확인이 필요하다 하여 다시 급히 이송되었다.

오후 4시경에 병원으로 간 손녀와 딸은 몇 시간 동안 아무것도 먹지 못했다. 그래서 나는 저녁 도시락을 준비해 사위와 함께 병원으로 갔다. 병원에서는 다시 피검사와 정밀 CT 촬영이 필요하다고 하여 검사 과정을 지켜본 후 집으로 돌아왔다.

그로부터 3시간 후 검사 결과가 나왔는데, 다행히 뇌에는 아무 이상이 없다고 했다. 당분간 안정을 취하며 지켜보는 것이 최선이라 하여, 병원에 입원하지 않고 집에서 쉬는 편이 낫겠다는 판단에 따라 딸과 손녀는 새벽 1시에 귀가하게 되었다.

다음 날 아침 손녀는 여전히 머리가 아프다 하여 타이레놀을 먹이고 아침과 점심을 잘 먹였다. 아내와 함께 종이접기와 카드놀이도 하며 잘 지냈지만, 저녁 식사 전 갑자기 점심때 먹은 음식을 다 토했다. 딸과 아내, 나 모두 매우 놀랐고, 다시 병원에 가야 하나 고민하다가 조금 더 지켜보기로 했다. 일찍 잠자리에 든 후 다음 날 아침이 되니

감사와 행복으로의 초대

손녀의 상태는 많이 좋아졌고, 더 이상 진통제를 먹지 않아도 될 정도로 회복되었다. 지금은 조심스럽게 상태를 지켜보며 돌보고 있다.

이번 일을 겪으면서 가장 먼저 손녀에게 미안한 마음이 들었다. 아이들을 잘 돌보지 못해 이런 일이 생긴 것 같아 마음이 아팠다. 예전에도 딸 집에 오면 아이들이 헬멧 없이 자전거를 타는 것을 봤지만, 이번에도 강하게 헬멧을 쓰라고 하지 않고 그냥 모자만 쓰게 한 것이 마음에 걸렸다. 자전거를 탈 때는 반드시 헬멧을 착용해야 한다는 원칙을 지키지 않은 것이 후회되었다.

그래서 손녀와 딸에게 미안하다고 하니, 딸은 오히려 자신이 아이들에게 그런 교육을 미리 제대로 하지 못한 책임이 있다며 내게는 미안해할 필요 없다고 했다. 그리고 이번 일을 통해 자전거를 탈 땐 무조건 헬멧을 써야 한다는 중요한 교훈을 주셨다고 하며 위로해 주었다.

이번 일을 통해 가족 간의 사랑이 더욱 깊어졌음을 느꼈다. 가장 어린 5살 손자는 아무도 시키지 않았는데 무릎을 꿇고 간절히 기도하는 모습이 참으로 기특했다. 둘째 7살 손녀는 냉장고에서 얼음을 꺼내 비닐팩에 담아 언니 머리에 찜질할 수 있도록 가져다주었다. 어린아이들이 그런 생각을 했다는 것이 참으로 대견했다.

딸과 사위는 엄마 아빠가 걱정하지 않도록 병원에서 수시로 상황을 업데이트해 주었고, 내가 미안해해도 오히려 자신들의 잘못이라며 나를 위로해 주었다. 헬멧 착용의 중요성을 이번 일을 통해 더 깊이 인식하게 되었고, 모두가 같은 마음으로 조심하자는 약속을 나눌 수 있어 마음이 가벼워졌다.

그리고 나는 자연스럽게 하나님께 간절한 기도를 드리게 되었다.

"하나님, 사람의 머리뼈를 이렇게 단단하게 만들어 주심에 감사합니다. 그렇게 큰 혹이 생겼음에도 머릿속 뇌에는 아무런 이상이 없게 지켜 주심에 감사합니다. 비록 뼈에 금이 갔지만 더 큰 사고 없이 보호해 주셔서 감사합니다. 앞으로도 빠르고 완전하게 회복시켜 주실 것을 믿고 미리 감사드립니다."

이처럼 어려운 상황에서도 가족이 서로 사랑하고 이해하며, 감사하는 마음을 품을 수 있게 하신 하나님께 진심으로 감사드린다.

감사와 행복으로의 초대

하나님이 주신 가장 귀한 선물

나는 세 자녀가 있고, 모두 20대 중반에 결혼했다. 큰딸이 세 자녀, 둘째 딸이 두 자녀를 두고 있어, 총 다섯 명의 손주가 있다. 그래서 지금까지는 주로 나와 아내가 자녀들의 집을 자주 방문하는 편이었다. 어린 손주들을 데리고 먼 길을 오는 게 힘들기 때문에 우리가 자주 찾아가곤 했다.

그런데 이번 봄방학을 맞아, 둘째 딸이 손주 둘을 데리고 할머니, 할아버지 집을 방문하겠다고 했다. 손주들이 처음으로 우리 집을 방문하는 것이어서 우리 부부는 벌써 마음이 들떠 있다.

아내와 나는 각자 손주 맞을 준비에 여념이 없다. 아내는 손주들이 좋아할 음식과 과자류를 다양하게 준비했고, 나는 손주들이 가지고 놀 장난감, 작은 자전거, 헬멧 등을 하나씩 챙겼다. 어제는 장난감을 정리하다가 한국에서 연을 날리던 추억이 떠올라, 두 개의 연을 구입했다. 손주들과 함께 연을 만들어 바람 부는 날 하늘 높이 날린다면, 그 자체로 할아버지와의 좋은 추억이 되지 않을까 싶어 벌써 기대가 된다.

뒤뜰에 키우고 있는 거북이도 겨울잠에서 깨어나 로메인 상추를 먹으며 잘 지내고 있다. 손주들이 오면 보여 주기 위해 정성껏 돌보고 있고, 남쪽에서 날아온 제비와 참새들도 가까이에서 볼 수 있도록 새 모이도 준비해 두었다.

딸을 위해서는 뒷마당에 유기농 채소를 정성껏 가꾸고 있다. 유기농 비료를 뿌리고, 잡초를 제거하고, 매일 물을 주면서 상추, 쑥갓, 열무 등을 건강하게 키워내는 일상이 감사하다. 딸이 오면 신선한 채소를 따서 바로 먹을 수 있도록 준비하고 있다.

겨울 동안 얼어 죽은 나뭇가지들도 깨끗이 정리하며, 손주 맞을 준비로 아침저녁으로 분주하지만, 사랑하는 아이들이 우리 집을 찾아온다는 기대감 덕분에 모든 일이 즐겁기만 하다.

내가 이렇게 바쁘게 이것저것 준비하면서도 힘들지 않고 오히려 기쁘게 할 수 있는 이유는 무엇일까? 그건 바로, 내가 사랑하는 손주들이 "할머니, 할아버지 보고 싶어요!" 하며 찾아오는 것만으로도 마음이 절로 행복해지기 때문이다.

둘째 딸은 거의 매일 손주들과 화상 통화를 연결해 주며, 우리 부부를 기쁘게 해 준다. 손주들에게도 할머니, 할아버지의 사랑을 느끼게 해 줄 수 있으니, 그 시간이 얼마나 소중하고 즐거운지 모른다.

돌이켜 보면, 우리 가족이 25년 전 미국으로 이주했을 때도 매주 주일 저녁마다 한국에 계신 어머니와 전화 통화했던 기억이 난다. 그 시절에는 화상 통화는커녕 유선 전화 하나로, 아내와 자녀들이 돌아가며 할머니와 이야기를 나눴다.

지금은 두 딸이 거의 매일 전화를 걸어 주고, 화상 통화로 손주들의 얼굴을 보여 주니 얼마나 감사한지 모른다. 손주들과 통화를 하거나 영상으로 얼굴을 볼 때마다, 나와 아내의 얼굴에는 자연스럽게 활짝 웃는 웃음꽃이 피어난다.

우리 부부의 얼굴에 언제나 환한 미소를 선물해 주는 귀한 존재, 손주들을 우리 가정에 보내주신 하나님께 감사드린다.

손주들이 머물다 간 봄날

봄방학을 맞아 둘째 딸과 외손주들이 우리 집에 와서 5박 6일간 함께 지내다가 오늘 집으로 돌아갔다. 사위는 직장 때문에 함께 오지 못했고, 딸과 손주들만 왔다. 아내와 내가 준비한 여러 가지 음식과 놀이기구로 즐겁게 시간을 보내다 보니, 시간은 정말 금방 지나갔다.

우리 부부는 보통 저녁 10시에서 11시경에 잠자리에 들고, 나는 아침 6시에서 7시경에, 아내는 8시경에 일어나는 습관이 있다. 그러나 손주들이 와 있는 동안에는 우리의 수면 패턴이 많이 바뀌었다. 손주들은 저녁 7시~8시경이면 일찍 자고, 아침 6시경이면 일어난다. 그래서 우리도 그에 맞추어 일찍 일어나게 되었다. 문득, "새 나라의 어린이는 일찍 일어납니다"라는 동요 가사가 떠올랐다. 손주들은 매일 아침 6시쯤 눈을 뜨고, 7시경이면 아침 식사를 한다.

식사 후에는 바깥에 나가 자전거를 타고, 초크로 시멘트 바닥에 그림을 그리거나 연을 날리며 논다. 그러다 집에 들어오면 도서관에서 빌려온 책을 딸이 읽어주고, 점심을 먹은 후에는 어린이용 대형 플라스틱 수영장에서 매일 한 시간씩 신나게 물놀이한다.

감사와 행복으로의 초대

딸이 사는 미네소타주는 겨울이 매우 추운 곳이라, 지금 4월에도 눈이 오는 날이 있을 정도다. 그래서 우리 집에 와서 따뜻한 날씨 속에서 매일 오후 물놀이를 할 수 있다는 것이 손주들에게는 큰 즐거움이다.

어제는 주일이라 우리 부부가 출석하는 한인교회에 함께 갔다. 아이들은 주일학교에 보내고, 딸은 우리와 함께 예배에 참석했다. 예배후 친교실에서 점심을 나누고, 마침 어린이 놀이터가 새롭게 단장되어 첫 개방을 하는 날이라 많은 아이와 함께 놀며 즐겁게 보냈다.

이 놀이터는 20년 전, 교회를 처음 지을 때 내가 교회에 기부하여 설치한 것이었다. 오래되어 낡은 상태였지만, 최근 우리 교회 한국학교에 자녀를 보내는 학부모 중 사업을 하시는 한 가정이 기부해 주셔서 아주 멋지고 새롭게 단장되었다. 그 모습에 아이들이 기뻐하는 것을 보며 정말 감사한 마음이 들었다.

손주들도 새 놀이터에서 한 시간 가까이 신나게 놀았고, 집에 돌아오며 "다음에 또 오고 싶다"고 했다. 귀한 마음으로 놀이터를 기부해 주신 가정과 그들의 사업장 위에 하나님의 사랑과 은혜, 그리고 축복이 넘치기를 기도하게 된다. 또한 그 가정이 성령님의 인도하심 속에 마음 문이 열려, 함께 신앙생활을 할 수 있기를 간절히 바란다.

딸 가족이 집으로 돌아가기까지, 공항까지 한 시간 차로 가고, 다시 비행기로 3시간, 그리고 도착 후 다시 차로 한 시간이나 가야 하는 먼 거리지만, 딸은 겨울방학 때도 꼭 다시 오고 싶다고 했다. 우리 부부는 5월에 둘째 딸 집을 방문할 예정이지만, 겨울에는 추운 곳을 피해 따뜻한 우리 집으로 오는 것이 아이들에게는 여러 가지 놀이를 할 수 있어서 더 즐거운 기억이 될 것 같다.

다가오는 겨울에는 아들 부부도 함께 올 것 같고, 큰딸은 해외여행 일정이 있어 함께하지는 못하지만, 두 손주가 다시 올 그날이 벌써 기다려진다.

아내의 생일, 감사의 여행

지난주 금요일부터 5박 6일 동안 둘째 딸 집을 방문하고 있다. 내가 사는 지역에서 딸 집까지는 비행기를 두 번 타야 도착할 수 있어 자주 오기 쉽지 않은 거리다. 그런데 이번에는 아내의 생일을 맞아 둘째 딸의 초청으로 오게 되었다. 둘째 딸은 거의 매일 화상 통화로 손주들을 보여 주곤 해서 아이들은 할머니, 할아버지를 무척이나 좋아한다.

딸은 미네소타주 로체스터라는 작은 도시에 살고 있다. 이곳에는 세계적으로 유명한 메이요 종합병원이 있어 병원에서 일하는 사람들이 많다. 넓은 대지에는 옥수수와 수수가 끝없이 펼쳐져 있다. 사위는 휴스턴 베일러에서 일하다가 작년에 메이요로 옮기면서 이곳으로 이사했다.

여기에는 1년 6개월 된 막내손자와 세 살 손자가 있다. 두 아이 모두 할머니, 할아버지를 무척 좋아한다. 나와는 늘 친구처럼 지내는데, 이곳에 오면 손주들과 시간을 보내는 것이 가장 우선이다. 아이들과 함께 놀고, 낮잠을 잘 때는 나도 함께 누워 자며, 깨어 있는 시간에는 늘 같이 놀아주려 한다. 잠시 휴대폰을 보며 딴청을 부리면 금세 "할아버지, 같이 놀아주세요"라는 말이 돌아온다. 그래서 함께 책도 읽고 장난감 놀이도 하고, 밖에 나가 자전거 타는 것을 지켜보며 시간을 보내는 것이 참 즐겁다.

사위는 퇴근 후 집 뒷마당에 마련한 텃밭에서 채소와 과일을 가꾸는 것을 좋아한다. 요즘은 차고에 통을 두고 과일과 달걀 껍데기 등을 넣어 지렁이를 기르고 있는데, 가끔 가족이 함께 낚시할 때 미끼로 사용하기 위해서다. 며칠 전에는 온 가족이 저수지에 가서 보트를 타고 낚시를 했는데, 약 30마리의 물고기를 잡았다. 작은 물고기들은 다시 놔주고, 큰 물고기만 집에 가져와 요리해 함께 먹었다. 사위의 취미는 나와 비슷해서 이곳에 오면 흥미로운 일이 많다. 텃밭 작물을 함께 바라보고 낚시를 즐기며 행복한 시간을 보낼 수 있음이 참 감사하다.

아내의 생일을 맞아 사위는 이탈리안 고급 식당에서 저녁 식사 자리를 마련해 주었다. 그 정성이 참 고마웠다. 또 사위가 일하러 간 날에는 아이들과 함께 미국 전통 마켓인 트레이더 조(Trader Joe's)에 가서 한국 냉동 김밥과 떡볶이를 사 왔다. 우리가 집에서 가져온 짜장면과 함께 한국식 분식 점심을 즐겼는데, 맛이 아주 좋았다. 짜장면은 내 담당이다. 마을 마켓에서 사 온 봉지 짜장면을 삶아 소스를 비벼 내면 끝인데, 손주들에게는 할아버지가 만들어 준 짜장면이 최고의 인기 음식이다. 아이들이 맛있게 먹어 주니 그저 감사할 따름이다.

이제 내일이면 집으로 돌아간다. 돌아가는 길이 아쉽지만, 집에는 또 나를 기다리는 일들이 있다. 뒤뜰에서 함께 살아가는 거북이들에게 먹이도 주어야 하고, 운영하는 사업장에 나가 그동안의 일을 점검

감사와 행복으로의 초대

해야 한다. 교회의 7월 마지막 주 점심 당번으로 준비해야 할 일도 있고, 8월 첫 주에 보낼 독서 칼럼도 정리해야 한다. 해야 할 일들이 기다리고 있기에 사랑하는 손주들과 아쉬운 작별을 해야 하지만, 늘 포근한 제2의 고향 같은 내 집이 있어 감사하다.

할아버지 걸음걸이를 따라오는
손자와의 행복

　둘째 딸 가족이 플로리다 올랜도로 여행을 간다고 하면서 우리 부부를 초대해 주어 3박 4일간 다녀오게 되었다. 가는 날에는 비행기에 고장이 생겨 출발하지 못하고 세 시간을 기다리다 결국 취소되어, 다음 날 새벽 비행기로 다시 갈 수 있었지만 그래도 감사한 마음이다.

　둘째 딸이 예약해 둔 호텔에 도착해 머무는 동안, 호텔 안에 있는 식당들에서 다양한 음식을 맛볼 수 있었고, 후식으로 아이스크림과 빵을 즐기며 입맛을 깔끔하게 마무리할 수 있었음에도 감사했다. 원래는 4박 5일 일정이었으나 하루가 줄어 3박 4일이 되었지만, 두 손자와 함께한 시간은 웃음과 즐거움이 가득했다.

　특히 16개월 된 가장 어린 손자는 할아버지의 걸음걸이를 그대로 따라 한다. 내가 뒷짐을 지고 걸으면 옆에서 똑같이 뒷짐을 지고 따라오는 모습이 얼마나 사랑스럽고 행복했는지 모른다.

　가까운 동물원에 가서 아이들과 즐거운 시간을 보냈고, 바닷가에 가서는 함께 모래성을 쌓으며 웃음을 나누었다. 또 플로리다 전통 해산물 식당에서 각종 시푸드로 저녁 식사를 즐길 수 있었던 것도 감사한 일이었다.

주일에는 호텔 가까운 미국 교회에 가서 예배를 드렸다. 교회 건물이 따로 없고 초등학교를 빌려 주일 예배를 드리는 모습이 인상적이었다. 건물에 집착하지 않고 있는 공간을 활용해 예배드리는 모습에서 참으로 귀한 교회의 정신을 느낄 수 있었다.

월요일 아침 일찍 두 번의 비행기를 갈아타고 집으로 돌아왔다. 저녁에는 보리밥에 뒤뜰에서 재배한 상추와 김치를 잘게 썰어 강된장에 비벼 먹었는데, "바로 이 맛이야!"라는 말이 절로 나왔다. 아내와 함께 "역시 집밥이 최고"라며 웃음 지을 수 있어 행복한 저녁 식사였다. 식사 후에는 짐에 가서 한 시간 동안 운동도 하며 일상의 리듬을 되찾았다.

여행도 좋지만, 일상에서 더욱 감사하며 사는 삶이 귀하다는 것을 다시금 느끼게 되었다.

다만 몇 달 전부터 예약된 이번 여행 일정 때문에 한국에서 오신 귀한 분을 만나지 못했고, 한국 '감사 나눔 공동체' 정규 온라인 줌 미팅에도 참석하지 못한 점은 아쉬움으로 남았다. 그러나 아쉬움이 있다는 것은 다음을 또 기약할 수 있다는 의미이기에, 그 또한 감사한 마음으로 받아들인다.

손주들과 함께한 감사의 시간

둘째 딸의 두 아들, 곧 나의 외손주들은 할머니와 할아버지를 무척 좋아한다. 그래서 거의 매일 화상으로 얼굴을 보여 주곤 한다. 그런데 사위가 학회에 참석하게 되어 딸이 집을 잠시 맡아 달라며 방문을 부탁했다. 나는 두 달 전 미리 비행기표를 예매했다.

드디어 출발하는 날, 텍사스 남부 시골 도시에서 미네소타 로체스터까지 가기 위해 두 번의 비행기를 타야 했다. 공항에 도착해 기다리는데 첫 번째 비행기가 40분 지연된다는 안내가 떴다. 카운터에서 확인해 보니 원래 연결편은 탈 수 없을 것 같다고 했다. 결국 다음 비행기로 예약을 변경했는데, 원래는 6시간이면 도착할 일정이 거의 12시간으로 늘어나게 되었다.

손주들을 볼 수 있다는 생각에 마음은 기뻤지만, 그래도 속으로 기도가 나왔다. "주님, 가능하다면 원래 비행기를 탈 수 있도록 은혜를 베풀어 주십시오. 다른 승객들에게 피해가 가지 않도록 비행기가 잘 도착해 연결 비행기를 탈 수 있게 해 주시면 참 좋겠습니다."

중간 경유지에 도착할 무렵, 시간을 보니 원래 비행기를 탈 수도 있겠다는 생각이 들었다. 도착 후 15분 정도 남았기에 아내와 나는 부리나케 게이트를 향해 달렸다. 그런데 가방에 발이 걸리며 그만 앞으로 넘어지고 말았다. 찰나의 순간, 왼손으로 땅을 짚고 오른쪽 무릎이 바닥에 닿으면서 큰대자로 엎어졌다. 다행히도 몸을 일으켜 다시 달렸고, 출발 10분 전에 게이트에 도착했다. 이미 표는 변경된 상태였으나 사정을 설명하자 다시 원래 비행기로 바꿔 주어 탈 수 있었다.

비행기에 올라 자리에 앉으니 그제야 오른쪽 무릎이 까져 피가 나고, 왼쪽 손목에도 통증이 느껴졌다. 가방에 넣어 둔 구급약으로 상처를 소독하고 약을 발랐으며, 파스를 붙이고 진통제를 먹었다. 평소 운동을 꾸준히 해온 덕분에 얼굴은 다치지 않고 손과 무릎으로 충격을 막아 큰 부상 없이 넘어갈 수 있었다. 그렇게 응급조치하고 나니 마음도 차분해졌고, 마침내 미네소타 공항에 도착했을 때 딸과 손주들이 환하게 맞이해 주었다. 긴 여정 끝에 마주한 손주들의 웃음은 그 모든 고생을 잊게 했다.

5박 6일 동안 손주들과 함께하는 시간은 행복의 연속이었다. 큰 손자와 퍼즐을 맞추며 놀던 중, 아직 어려서 장난꾸러기인 작은 손자가 퍼즐을 발로 밟아 흩뜨리려 하자 내가 "노, 노(No, No)."라고 하며 막았다. 그러자 작은 손자가 울음을 터뜨리려 했고, 큰 손자가 나를 보며 말했다. "할아버지, '노, 노' 하면 동생이 울어요. 그러지 마세요." 딸이 보충 설명을 덧붙였다. 부정적으로 제지하는 대신 다른 관심을 끌어주면 아이가 울지 않고 퍼즐도 망치지 않는다는 것이었다.

순간 깨달았다. 60대 중반의 내가 세 살짜리 손자에게 중요한 교훈을 배운 것이다. 손주들과 친구가 되려면 그렇게 해야 하는구나. 상대의 마음을 이해하고, 다정하게 접근해야 하는 것이다.

그렇게 다시 작은 손자와도 즐겁게 놀 수 있었고, 두 손자 모두와 행복한 시간을 보냈다. 함께 공놀이도 하고, 가을 단풍도 구경하며 감사의 시간을 보냈다. 하나님께서 손주들과 함께할 수 있는 이 귀한 시간을 주신 것에 마음 깊이 감사드린다.

감사와 행복으로의 초대

갔다, 나의 손주들에게

둘째 딸의 대학 동창 중에 아주 친한 친구가, 늦었지만 이제 결혼을 한다고 한다. 그런데 가까운 곳이 아닌 저 멀리 하와이에 살고 있어서 그곳에서 결혼식을 올리게 되었단다. 두 살, 네 살 자녀를 데리고 다녀오는 것이 부담스러워 오래전부터 우리 부부에게 아이들을 좀 돌봐줄 수 있는지를 물어왔다. 우리는 흔쾌히 그렇게 하겠다고 했고, 딸은 우리 부부의 비행기표를 석 달 전에 미리 예매해 주었다.

TV 다큐멘터리 프로그램 중에 〈왔다, 내 손주〉라는 프로가 있어서 가끔 본다. 먼 외국에 사는 자녀 부부가 손주들을 데리고 한국의 할머니, 할아버지를 찾아오는 과정을 따뜻하게 그린 내용인데, 우리 부부는 그와 반대로 '갔다, 나의 손주들에게'라는 제목을 붙여보았다.

지난주 화요일, 둘째 딸 집에 도착했고 수요일 하루 동안 딸은 아주 상세하게, 우리 부부에게 손주들을 어떻게 돌봐야 하는지에 대해 설명해 주었다. 아이들이 다니는 학교, 교회, 놀이터 등을 미리 함께 방문하고, 시간과 주소를 정리해 적어둔 공책도 건네주었다. 오랜만에 대학 동창들 부부가 함께 모이는 자리이기에 딸 부부는 하와이에서 5

박 6일을 보내게 되었고, 나와 아내는 자연스럽게 역할을 나누어 손주를 돌보기 시작했다.

　나는 주로 아이들이 어딘가 갈 때 운전해 주는 일, 설거지, 목욕시키기, 놀아주기를 맡았다. 아내는 식사 준비와 옷 챙기기, 세탁과 정리 등을 맡았고, 옷은 내가 입혀 주었다.

　평소에 화상 통화를 자주 해서 그런지 손주들은 우리와 있어도 엄마, 아빠를 많이 찾지는 않는다. 하루를 마무리할 때는 아이들을 샤워시키고 잠옷으로 갈아입힌 후 성경 이야기를 읽어주고, 아이들이 좋아하는 찬송가를 함께 부른다. 이후 나와 아내가 번갈아 가며 기도해 주고, 짧은 동화책 두 권을 각각 읽어준 후 아이들을 재운다. 두 살 손주는 잘 자는 편인데, 네 살 손주는 무섭다고 하면서 잠들 때까지 곁에 있어 주기를 원한다. 그래서 찬송가를 조용히 부르며 아이가 잠들 때까지 함께 있다가, 아이가 깊이 잠들면 방을 나온다. 간혹 밤중에 아이가 잠에서 깨면, 다시 방으로 가서 아이가 안정을 찾을 때까지 함께 있다가 나온다. 그리고 이 아이들은 아침 6시면 일어나기 때문에 하루의 시작은 늘 이른 시간이다.

　아침 7시에 식사하기에 나는 와플 반죽에 생계란을 넣어 굽고, 삶은 달걀을 까는 일을 맡는다. 아내는 과일을 씻어 준비하고, 함께 아침을 먹는다. 아이들을 등원시킨 후, 아내와 나는 헬스장에 가서 걷기 운동과 간단한 근력운동을 하고, 오후 3시쯤 아이들을 데리러 간다. 토요일에는 아이들과 함께 어린이 박물관에 다녀왔고, 오늘은 주일이라 자녀들이 다니는 교회에서 예배드렸다. 아이들은 주일학교에서 친구들과 즐겁게 시간을 보냈다.

　나는 손주들과 친구처럼 지낼 때가 참 좋았는데, 지금은 다시 친구인 할아버지가 아니라 엄마, 아빠의 역할을 하게 되었다. 아이들도 내가 운전하면 "엄마다!"라고 했다가, 이내 "아, 할아버지지!" 하고 웃는다. 자다가 깼을 때도 "엄마!"가 아니라 "할아버지!" 하고 나를 찾는다. 친구처럼 지낼 때가 좋았지만, 지금은 부모의 역할을 하느라 잠도 푹 자지 못하고 조금은 힘들지만, 이렇게 24시간 손주들과 함께 보내는 시간이 기쁘고 즐거워서 감사한 마음뿐이다.

이제 사흘 밤만 자면 엄마, 아빠의 역할에서 손주들의 친구인 할아버지로 돌아가게 된다. 그리고 수요일이면 우리가 살고 있는 텍사스 남부로 비행기를 두 번 갈아타고 귀가하게 된다.

집을 떠난 지 벌써 닷새가 되니 집이 그리워진다. 손주들과 함께 있으면 집이 그리워지고, 집에 있으면 손주들이 그리워진다. 삶이란 그런 것인가 보다. 늘 누군가를, 무언가를 그리워하는 삶. 그리운 사람이 있고, 그리운 고향이 있고, 돌아갈 집이 있는 나는 참으로 행복한 사람이다.

오늘도, 내일도, 그리움을 안고 기다리는 사람이 있는 삶. 그것이 축복이다.

다섯 밤이 금방 훌쩍 지나간 기분이다

둘째 딸은 남편의 직장을 따라 텍사스에서 미네소타 로체스터 시티로 이사한 지 벌써 3년이 되었다. 사위가 혼자 일하고, 딸은 아이를 갖기 전에는 일을 하다가 지금은 두 살, 네 살 된 두 자녀를 돌보느라 직장을 잠시 쉬고 있다. 그래서 딸은 거의 매일 우리 부부와 화상 통화를 하며 손주들을 보여 주고 대화를 나누는 편이다.

그러다 보니 이번에 다섯 밤 동안 아이들 곁에 엄마, 아빠 없이 할머니, 할아버지만 있어도 아이들이 엄마, 아빠를 찾지 않고 잘 지냈다. 다섯 밤이 정말 금방 훌쩍 지나간 기분이다.

하와이에서 어제 오후 늦게 출발한 딸과 사위는 오늘 이른 아침에 집에 도착했다. 아이들은 엄마, 아빠를 보자마자 포옹하며 매달려 떨어지질 않았다.

할머니, 할아버지와 함께 있을 때는 엄마, 아빠를 찾지 않더니, 막상 엄마, 아빠가 돌아오자, 이제는 우리를 거의 찾지 않았다. 아이들이 참 영특하다는 생각이 들었다. 엄마, 아빠가 멀리 가 있고 금방 오지 않는다는 사실을 이해한 채, 5일 동안 우리 부부를 '엄마, 아빠'라

감사와 행복으로의 초대

부르며 아주 친밀하게 지냈다. 그리고 진짜 엄마, 아빠가 돌아오자 온갖 애정을 쏟아내며 정을 표현하는 모습에서 한편으로는 섭섭했지만, 지극히 자연스러운 애착 표현이라는 생각이 들었다. 나의 손주들이 벌써 사회적인 감각과 적응력을 갖추고 있다는 생각에 오히려 마음이 놓였다.

아이들과 6박 7일을 함께 지내는 동안, 어린아이들의 마음을 더 깊이 이해하게 된 소중한 시간이 되었다. 손을 잡고 길을 걷다가도 어느 순간 혼자 가고 싶다며 손을 뿌리치고 달려가던 아이가 넘어지면, 그 순간 울음을 터뜨린다. 그럴 때는 먼저 다친 데가 없는지 확인하고, "할아버지가 잘 못 잡아줘서 미안해. 많이 아팠지?" 하며 말해주면, 아이는 금세 울음을 그친다. 만약 그 상황에서 혼을 냈다면 아이는 아마 더 오랫동안 울었을 것이다. 아이의 마음을 읽어주고, 아이 편에서 따뜻하게 반응해 주니 아이들이 더 잘 따르고, 시간 가는 줄 모르고 즐겁게 보낼 수 있었던 것 같다.

아이들에게 자주 안아 주며 "사랑해, ○○야", "○○가 할아버지 손자라서 참 행복해"라고 계속 표현해 주니, 아이들도 스스로 와서 "할아버지 사랑해"라고 말해줄 때, 내 마음이 그렇게 흐뭇할 수가 없었다.

우리도 하나님께 "하나님, 사랑합니다."라고 자주 고백하면 하나님께서도 얼마나 기뻐하실까. 나도 더 자주 하나님께 사랑을 고백하는 삶을 살아가야겠다고 다짐하게 되었다.

아이들이 잠자리에 들기 전에는 성경 이야기를 들려주고, 찬송가를 함께 부른 후 기도해 준다. 그리고 "예수 사랑하심은" 찬송가를 작게 틀어주면 아이들이 평안하게 잠들 수 있어서 참 좋았다. 어른들도 매일 밤 잠자리에 들기 전, 조용히 찬송을 부르거나 성경 말씀을 되새기며 잠을 청하면 더 깊고 평안한 잠을 잘 수 있겠다는 생각도 해 본다.

이제 내일이면 집으로 돌아간다. 25년 전부터 살고 있는 미국 텍사스 남부 미션 시티는 이제 내 제2의 고향이 되었다. 여름엔 무척 덥지만, 겨울이 너무 춥지 않아 참 마음에 드는 곳이다. 아내도 나만큼이나 이 지역을 좋아한다. 우리 부부는 원래 추운 곳보다는 더운 곳이 체질에 맞아, 따뜻한 텍사스가 더 편안하게 느껴진다.

나의 고향은 이국만리 저 멀리 있어 자주 갈 수 없지만, 지금 살고 있는 이곳이 제2의 고향이라서 고향에 살고 있다는 기분으로 살아갈 수 있음에 참으로 감사하다.

감사와 행복으로의 초대

온 가족이 함께 모일 수 있어서 감사

지난주 초 아내는 무척 바쁘게 장을 보러 다녔다. 손주들이 좋아하는 과자와 치즈, 짜장면 재료 등 여러 가지 먹을 것을 구입하고, 손주들에게 입힐 옷도 사면서 여러 곳을 돌아다녔다. 아들 집이 있는 오스틴은 우리 집에서 직항 비행편이 아직 없어 차로 약 6시간을 운전해야 하기에, 가능한 한 많은 것을 싣고 가고 싶었다.

둘째 사위의 직장 컨퍼런스가 오스틴에서 열리게 되어 온 가족이 오스틴으로 모이게 되었고, 첫째 딸 가족도 여행을 겸해 함께 오기로 했다. 오랜만에 온 가족이 다 모일 기회가 주어져 아내와 나는 즐거운 마음으로 많은 것을 준비해 출발했다.

가족이란 늘 마음을 함께 나눌 수 있어서 좋고, 또 함께 만날 때마다 기쁨으로 기다려지니 참으로 소중하다. 특히 한국에서 온 조카 가족까지 함께할 수 있어 더없이 감사했다. 딸, 아들, 손주들뿐 아니라 3촌, 4촌, 6촌의 아이들까지 어울려 지내니 그저 즐겁기만 했다.

4월과 5월에는 여러 가족의 생일과 결혼기념일이 이어진다. 평소에는 그때마다 화상으로 함께 축하하지만, 이번에는 한자리에 모여 케이크를 준비하고 노래를 부르며 함께 축하할 수 있어 더욱 뜻깊고 즐거웠다.

하나님께서는 천지를 창조하시고 아담을 지으신 후 외로울 것을 아시고 갈비뼈로 하와를 만드셨다. 그리고 "하나님이 그들에게 복을 주시며 하나님이 그들에게 이르시되 생육하고 번성하여 땅에 충만하라 (창세기 1:28)"라고 말씀하셨다. 그래서 나 역시 자녀들이 가능하면 자녀를 낳고 잘 양육하기를 늘 바라고 기도한다.

딸 둘은 이미 자녀가 있지만, 아들은 결혼 3년 차인데 아직 자녀가 없다. 내가 "이제는 아기를 낳아야지."라고 하니 아들은 "한 명만 낳겠다"고 한다. 그래서 나는 웃으며 "첫 아기가 쌍둥이면 좋겠다"고 했더니, 아들이 안 된다며 웃는다. 나는 그저 "하나님께서 주시는 대로 낳아야지." 하고 빙긋이 웃었다.

아들 집에서 4박 5일을 보내니 시간이 참 빨리 지나갔다. 어제는 아들과 함께 그가 출석하는 미국 교회에서 예배를 드렸다. 찬송과 목사님의 말씀을 듣고 성찬식에도 참여하면서 가슴이 뭉클해지는 은혜로운 예배를 드릴 수 있어 감사했다.

다시 약 6시간을 운전해 집으로 돌아왔다. 내가 머무는 집이 있고 아침이면 출근할 사무실이 있는 제2의 고향, 텍사스 남부 미션 시티에서 25년째 살아가고 있음에 감사했다. 지겹지 않고 여전히 소중한 일상이 있다는 사실이 큰 은혜다. 오늘도 감사와 행복이 가득한 아침을 맞이하며 하나님께 감사와 영광을 올려 드린다.

새들과 손주를 기다리며 드리는 감사

아들이 사춘기 시절, 나는 아들과 친구같은 아빠가 되기 위해 여러 가지 노력을 했다. 그중 하나는 아들과 함께 영화를 보러 다니는 것이었다. 새 영화가 나오면 아들과 단둘이서 보고, 영화 이야기를 나누며 자연스럽게 친밀해졌다. 또 하나는 뒤뜰에 채소밭을 가꾸는 일이었다. 씨앗을 함께 심고 물을 주며 시간을 보내면서 아들과 더 가까워졌다.

나는 어릴 때부터 새를 무척 좋아했다. 그래서 아들과 함께 새들이 와서 집을 짓고, 알을 낳고, 부화하여 아기 새들이 태어나는 모습을 보고 싶었다. 온라인으로 '새 콘도'라고 불리는 2층 구조의 새집을 주문했는데, 무려 12개의 둥지를 품을 수 있는 집이었다. 아들과 함께 벽돌로 기초를 다지고 기둥을 세운 뒤, 뒤뜰 한가운데 하늘 높이 설치했다.

그 새집은 벌써 10년이 넘었다. 매년 봄이면 새들이 찾아와 알을 낳고, 가을이면 어미 새와 아기 새들이 함께 남쪽으로 날아갔다가 이듬해 다시 돌아왔다. 그러나 작년에는 큰 제비(Purple Martin)가 알을 낳아도 제대로 부화하지 못했다. 지나치게 더운 날씨 탓에 아기 새들이 태어나자마자 죽어 버려, 결국 한 마리도 자라지 못하고 어미 새들만 남쪽으로 떠나야 했다.

그래서 올해 봄, 큰 제비들이 다시 오기를 간절히 기다렸다. 하지만 2월 말까지도 단 한 마리도 보이지 않아 마음이 조급했다. 그러던 3월 중순, 3마리가 날아왔다. 보통은 8~10마리가 오는데 올해는 겨우 세 마리인가 싶어 아쉬웠다. 그런데 3월 말이 되자 이곳저곳에서 더 날아와 결국 열 마리 가까이 모였다. 나는 무척 기쁜 마음으로 아침저녁으로 새들을 바라보며 지냈다.

어느 날, 아기 새 한 마리가 날개가 약해 새집에서 떨어져 잔디밭에 내려앉은 것을 보았다. 어미 새들이 곁에서 맴돌며 소리내어 울었지만 어쩌지 못하는 모습이었다. 나는 장갑을 끼고 사다리를 놓은 뒤, 조심스레 아기 새를 집어 다시 둥지에 올려 주었다. 이후 지켜보니 여러 둥지마다 아기 새들이 부화해 있었고, 어미 새들이 먹이를 물고 들락날락하며 무척 바쁘게 날아다니고 있었다. 올해는 아기 새들이 잘 자라 곧 어미 새와 함께 창공을 자유롭게 날아오를 것이다. 생각만 해도 감사가 넘친다.

나는 외손주가 다섯이나 있다. 그러나 아들은 결혼한 지 3년 반이 되었는데 아직 아기가 없다. 왜 아직 아이가 없냐고 물으니, 젊을 때 조금 더 여행을 다닌 후 아이를 갖고 싶다고 했다. 실제로 지난 4월에는 아들 부부가 한국 여행을 다녀왔고, 다음 달에는 더 넓은 집으로 이사할 예정이라고 한다. 이제는 아기를 맞을 준비를 하는 듯해 내년에는 친손주를 안게 되기를 기대한다.

우리 집 뒤뜰의 새들이 많은 아기 새를 부화하여 하늘 높이 날아오

감사와 행복으로의 초대

르듯, 나 역시 언젠가 친손주가 생겨 아들과 함께, 또 손주와 함께 저 새들을 바라보며 즐겁게 지내게 될 날을 소망한다. 그날을 생각하며 오늘도 미리 감사드린다.

즐거운 아들 집 방문

세 자녀 중 막내아들은 두 딸과 7살 차이가 난다. 큰딸이 5학년, 둘째 딸이 4학년, 아들이 겨우 세 살이었을 때 우리 가족은 미국으로 이민을 왔다. 어느새 미국 생활이 25년을 넘어 내년이면 26년째가 된다. 세월이 참 빠르다는 생각과 함께, 하나님께서 지금까지 지켜 주신 은혜에 감사가 절로 나온다.

아내는 늘 묵묵히 가정을 돌보며 세 아이가 학업에 집중할 수 있도록 힘을 다했다. 등·하교 운전부터 시작해 음악 레슨, 봉사활동까지 아이들의 성장을 위해 기꺼이 발걸음을 옮겼다. 세 자녀 모두 피아노를 배웠고, 큰딸은 클라리넷, 둘째 딸은 플루트, 막내아들은 첼로를 배워 고등학교 시절 지역 오케스트라와 학교 밴드에서 활동했다. 특히 아들은 음악에 큰 흥미가 있어 중학교 때부터 드럼을 치기도 했고, 한때는 음악대학 진학을 꿈꾸며 "밴드 디렉터가 되고 싶다"라고 말하기도 했다.

그러나 나는 아버지로서 조금 더 현실적인 길을 제안했다. 특별한 재능이 있으면 음악을 직업으로 삼을 수 있지만, 그렇지 않다면 취미로 즐기는 것이 좋지 않겠냐고 조심스럽게 조언했다. 아들은 그 말을 받아들여 대학에서 통계학을 전공했고, 졸업 후 금융회사 JP모건에 입사했다. 이후 경력을 쌓으며 이직했고, 지금은 전문 통계 전문가로 오스틴에서 즐겁게 일하고 있다. 믿음 안에서 성실히 커 가는 아들의 모습이 아버지로서 참 든든하고 감사하다.

지난 추수감사절, 아내와 함께 아들 집을 3박 4일간 방문했다. 아내는 김치를 가져가려 했지만, 아들이 직접 배추김치와 깍두기를 담가 두었다고 해서 일부러 가져가지 않았다. 대신 미리 준비해 두었던 갈비와 불고기를 챙겨갔다. 아들이 공항까지 마중 나와 주었고, 짧은 비행 후 오랜만에 아들 부부와 따뜻하게 포옹하니 마음이 푸근해졌다.

첫날 저녁은 아들이 준비한 광어회와 멍게로 식탁이 풍성해졌다. 며느리는 삼계탕을 끓여 주었고, 아들은 자신이 담근 김치를 내놓았다. 놀랍게도 그 김치 맛이 아내의 김치보다도 깊고 시원했다. 아내도 기꺼이 인정하며 "정말 맛있다"고 칭찬했고, 아들은 유튜브 영상을 참고해 여러 번 연습한 결과라며 웃었다. 젊은 세대가 남녀 구분 없이 함께 요리하고 가정을 세워가는 모습이 참 보기 좋았다.

머무는 동안 아들과 함께 미식축구 경기를 보고, 근처 공원에서 산책도 했다. 저녁에는 부부와 함께 피클볼을 치며 땀을 흘렸는데, 웃음이 끊이지 않았다. 무엇보다 인상 깊었던 순간은 아들이 피아노를 치고, 잠시 아내에게 첼로 레슨을 해 주는 장면이었다. 음악을 여전히 즐기고 기쁨으로 나누는 아들의 모습은 참 흐뭇했다.

아들 부부는 결혼한 지 3년이 되었지만, 아직 자녀는 없다. 대신 반려견 '나비'와 새를 키우며 지낸다. 원래 나는 개를 그리 좋아하지 않았는데, 이번 방문에서 나비가 다가와 애교를 부리며 내 팔에 발을 얹고 함께 놀아 달라고 하는 모습에 마음이 열렸다. 나비와 금세 친구가 되었고, 덕분에 아들 집이 더욱 따뜻하고 즐겁게 느껴졌다. 나는 속으로 '이 집에도 언젠가 귀한 손주가 태어나기를…' 하며 조용히 기도했다.

3박 4일의 짧은 일정이었지만, 웃음과 사랑과 감사가 가득한 시간이었다. 아들 부부와 함께한 모든 순간 속에서 하나님께서 주신 기쁨과 은혜를 깊이 느낄 수 있었다. 돌아오는 길에 마음속으로 여러 번 되뇌었다. "참으로 즐겁고 행복한 시간을 허락하신 하나님, 감사합니다."

이래도 되나 싶을 정도의
행복한 시간

한국의 명절인 설날과 추석에는 가족들이 한자리에 모여 맛있는 음식을 나누며 함께 즐겁게 지낸다. 미국에서는 추수감사절이 그러한 명절과 같다. 멀리 떨어져 있는 가족들도 이때만큼은 함께 모여 칠면조 요리를 비롯한 다양한 음식을 나누고, 서로의 삶을 격려하며 감사의 마음을 나눈다. 또한 크리스마스 연휴에도 가족이 다시 모여 선물을 교환하고 음식을 함께 나누며 한 해를 마무리하고 새로운 해를 맞이하는 준비를 한다.

올해 추수감사절에는 온 가족이 한자리에 모이기 어려워, 2주 앞당겨 두 딸 가족과 시간을 함께하기로 했다. 추수감사절 당일에는 아들 집을 방문하기로 하고, 두 딸 가족과는 멕시코 칸쿤에서 만나기로 했다. 각자 출발한 비행기가 칸쿤 공항에 도착한 후 함께 호텔로 이동할 계획을 세웠다. 작은딸 가족과 우리 부부는 도착 시간이 비슷했기에 공항에서 만나 40분 거리의 리조트 호텔로 함께 가기로 했다.

하지만 공항에 도착해서 한 시간을 기다려도 작은딸 가족과 연락이 닿지 않았다. 확인해 보니 비행기가 연착되었을 뿐 아니라 도착 터미

널도 달랐다. 급히 다른 터미널로 이동하려 했지만, 서틀버스가 금방 오지 않았다. 그 사이 현지인들이 몰려들어 자신들의 차를 타라며 호객을 시작했다. 한 사람이 5불만 내면 된다고 하여 차에 올랐더니, 다시 카드를 요구하며 몇 배의 금액을 내라고 했다. 순간 마음에 "이건 아니다"라는 생각이 들어 곧바로 차에서 내렸다. 만약 카드를 건네고 그대로 차를 타고 갔다면 어떤 일이 벌어졌을지 모르는 일이었다.

그 순간 고개를 돌리니 작은딸 가족이 택시를 타고 우리가 도착한 터미널로 막 내리는 모습이 보였다. 작은딸은 휴대폰을 현지에서 사용할 수 없는 상태로 준비해 와서 연락되지 않았던 것이었다. 그러나 결국 하나님께서 허락하신 인도하심 속에 서로를 만날 수 있었고, 예약해 둔 관광회사의 큰 밴을 타고 호텔까지 안전하게 이동할 수 있었다.

칸쿤은 세계적으로 유명한 관광지다. 첫째, 일 년 내내 날씨가 좋아 여행하기에 적합하다. 둘째, 바닷물이 푸르고 맑아 수영하기에 더없이 좋다. 셋째, 해변 모래가 아주 곱고 부드러워 아이들이 놀기에 안성맞춤이다. 호텔 비용은 다소 비쌌지만, 세 끼 식사가 포함되어 있었고, 다양한 레스토랑을 자유롭게 이용할 수 있어 편리했다. 또한 아이들을 위한 돌봄 프로그램과 놀이시설, 그리고 가족 모두가 즐길 수 있는 다양한 이벤트가 준비되어 있어 가족 여행지로 손색이 없었다.

우리 가족은 해변에서 사진을 찍고, 손주들과 함께 모래성을 쌓으며 즐겁게 지냈다. 수영장에서 물놀이도 하고, 바다에서는 돌고래를 구경하고 카약을 타며 특별한 추억을 만들었다. 각국의 다양한 음식을 마음껏 즐기며, "이래도 되나 싶을 정도로 행복한 시간"을 보낸 3

감사와 행복으로의 초대

박 4일은 너무도 빠르게 지나갔다. 특히 막내 손주의 두 돌 생일을 호텔 식당에서 가족 모두가 축하할 수 있었던 것도 큰 기쁨이었다.

비록 짧은 일정이었지만, 가족이 함께 웃고 즐기며 감사할 수 있었던 시간은 그 어떤 것으로도 바꿀 수 없는 귀한 선물이었다. 순간순간 위험에서 지켜 주시고, 가족이 무사히 만나 함께할 수 있도록 인도해 주신 하나님께 깊은 감사를 드린다.

에필로그

감사와 행복은 늘 곁에 있다

책을 마무리하며 새삼 깨닫는 것은, 감사는 단순한 습관이 아니라 삶을 지탱하는 힘이라는 사실이다. 사람은 누구나 행복을 원하지만, 정작 행복은 멀리 있는 것이 아니라 아주 가까운 일상에 숨어 있다. 오늘 아침 눈을 떴다는 사실, 누군가와 대화를 나눌 수 있다는 사실, 따뜻한 밥 한 그릇을 마주할 수 있다는 사실만으로도 감사의 이유는 충분하다. 이 작은 고백들이 쌓여 마음을 단단하게 만들고, 삶을 더 따뜻하게 빛나게 한다.

돌아보면 감사는 늘 새로운 길을 열어 주었다. 힘겹고 막막한 순간에도 "감사합니다"라는 한마디를 입술에 올렸을 때 마음에 평안이 찾아왔고, 세상을 바라보는 눈이 달라졌다. 기쁨의 순간에는 그 감사가 기쁨을 배가시켜 주었고, 눈물의 순간에는 그 감사가 위로와 용기를 주었다. 그렇게 감사는 내 삶의 전환점마다 늘 자리 잡고 있었다.

또한 감사는 나만의 이야기에 머무르지 않았다. 가족과 함께 드린

감사와 행복으로의 초대

감사는 사랑을 더 깊게 했고, 이웃과 나눈 감사는 관계를 이어 주었으며, 공동체와 함께한 감사는 혼자가 아님을 알려주었다. 결국 감사는 나를 살리는 힘이면서 동시에 서로를 연결하는 다리였다. 이 다리가 있었기에 인생의 길 위에서 쓰러지지 않고 다시 일어설 수 있었다.

앞으로도 나의 삶에서 일어나는 일들을 소재로 한 칼럼과 감사 일기를 꾸준히 쓰고, 감사에 관한 책들을 더 많이 읽으며 그 책들에 대한 독서 리뷰도 이어가고자 한다. 그렇게 해서 나의 네 번째, 다섯 번째… 책들이 세상에 나와 조금이라도 감사와 행복을 전하는 삶이 되기를 꿈꿔 본다.

이제 책을 덮는 순간이 끝이 아니라 또 다른 시작이 되기를 바란다. 오늘의 작은 감사가 내일의 더 큰 행복으로 이어지고, 그 행복이 다시 누군가에게 흘러가 세상을 조금 더 따뜻하게 만들기를 소망한다. 인생은 완벽하지 않지만, 감사할 수 있기에 여전히 아름답다.

감사는 끝이 아니라 늘 새로운 시작이다. 오늘도 감사하며, 행복의 길을 함께 걸어가기를 소망한다.